메타버스에서 내리다

3쇄 발행 2023년 10월 25일

지은이 박하령
펴낸이 정혜숙   **펴낸곳** 마음이음

책임편집 여은영   **디자인** 김세라
등록 2016년 4월 5일(제2016-000005호)
주소 03925 서울시 마포구 월드컵북로 402, 9층 917A호(상암동 KGIT센터)
전화 070-7570-8869   **전자우편** ieum2016@hanmail.net   **팩스** 0505-333-8869
블로그 https://blog.naver.com/ieum2018

ISBN 979-11-92183-10-7 43810
       979-11-960132-5-7 (세트)

ⓒ 박하령 2022
이 책의 내용은 저작권법의 보호를 받는 저작물이므로 무단전재와 복제를 금합니다.
책값은 뒤표지에 있습니다.

메타버스에서 내리다

박하령

마음이음

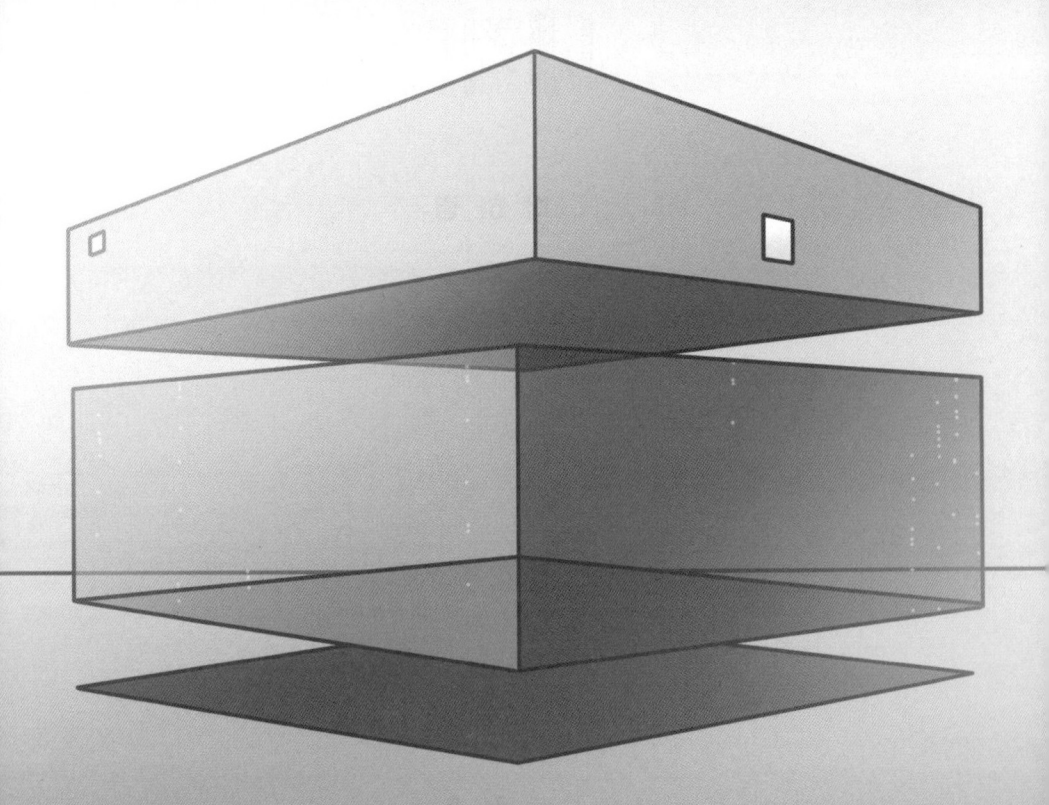

차 례

의문의 좌표 이동 7

디지털 원주민의 추방 18

이테크 스쿨 31

탈출구를 찾아서 42

애완 로봇, 카피 55

인질 로봇과의 동거 65

거슬러 올라가기 79

M과 A의 수상한 조합 91

마음, 온기를 지닌 액체 105

금이 가다 122

설득력 있는 의구심 131

미래를 위한 비행 144

다시, 희망을 163

그린버그의 외출 169

작가의 말 176

의문의 좌표 이동

"랑, 일어나!"

 자신을 부르는 소리에 랑은 뒤척여 보지만 잠에서 헤어 나올 수 없다. 반수면 중에 메아리처럼 들리던 소리가 사라져 다시 달달한 잠 속으로 가라앉으려는 즈음, 강렬한 통증이 랑을 후려친다.

"아야!"

 눈을 뜨니 루이모가 침대 머리맡에서 가방을 싸고 있고, 통증의 실체는 랑의 머리카락을 물고 있는 가방끈의 벨크로다. 랑은 머리카락을 잡아 빼며 신경질적으로 외친다.

"아, 뭐야!"

"랑, 일어나."
"왜? 무슨 일이야?"
랑이 물었지만 루이모는 이내 명령만 한다.
"일, 일어나 앉기!"
루이모 특유의 스타카토식 말투가 랑을 긴장하게 만든다. 루이모는 급할 때면 랑이 해야 할 행동을 번호순으로 나열한다. 불필요한 실랑이를 하고 싶지 않다는 의사 표현이므로 랑 역시 간결하게 대응한다.
구체적이고 명료한 것들은 늘 상쾌함을 준다. 애매모호한 데서 생기기 마련인 감정의 이물질들은 노폐물로 쌓여 어떤 식으로든 문제를 일으키기 마련이니까. 의사 표현은 단선으로 이뤄져야 서로가 좋다. 효율성은 인류가 추구해 온 최고의 가치이므로. 랑은 일어나 앉는다.
"이, 옷을 입고 삼, 주차장으로 간다."
"어디 가는데?"
시계를 보니 외출하기엔 범상치 않은 시간이다. 새벽 4시.
"가면서 얘기해."
루이모의 말투가 어찌나 단호하던지 랑은 입도 뻥끗 않고 잰 동작으로 준비를 했다.

차는 자율 주행으로 한 시간 반째 달리고 있다. 루이모는 랑의 궁금증은 아랑곳없이 한 시간째 숙면 중이다. 5시 반부터 자율주행 금지이므로 그때까지만이라도 잠을 자 둬야 한다고 루이모가 출발하면서 말했다.

랑은 이 예사롭지 않은 외출이 신경 쓰인다. 속단할 건 아니지만 불안감은 랑의 마음 구석구석에 포진해 온다. 근거를 가진 불안감은 거의 현실로 이어진다. 가방의 크기와 그 안에 있는 랑의 애완 로봇 '카피'가 그 근거이다.

'혹시 나를 파양하려는 걸까? AR존에서 산 지 겨우 1년인데?'

루이모와 랑이 만난 건 1년 반 전쯤이다. 그때 랑은 U존(Urban Zone) 내 국립소년양육기관 D타워(Dream Tower)에 있었고, 루이모는 3D 갤러리 전문가로서 미적 체험 교육 강사로 D타워에 왔었다. 그곳에서 랑과 루이모는 친해졌는데 어느 날 루이모가 신생가족으로의 결합을 제의했다. 처음에 랑은 망설였다. 신생가족이 된 뒤 여러 이유로 파양하는 걸 많이 봤기 때문이다. 파양이 무서워서만은 아니었다. 양육원 넷 친구, 유니의 표현 대로 '일정 기간 낯선 곳으로 캠프를 다녀오는 것'이라고 생각하면 파양은 그다지 어려울 건 없거니와 삶에 있어서의 좌표 이동은 언제든 일어날 수 있으니까. 그리고 무엇이든 유연하게 받아들일 줄 아는 것도 성인의 자세라고 배웠다. 랑이 망설였던 건 루이모가 특이한 주거지에 살고 있기 때문이다.

루이모는 AR존(Augmented Reality Zone), 말 그대로 증강 현실 지역에 살고 있었다. 그곳은 개인의 주거지뿐 아니라 모든 공간의 일부가 3차원 가상의 물체로 되어 있다. 그렇다고 온갖 최첨단 테크놀로지의 결과물들이 모여 있는 곳으로 생각하면 오산이다. 랑도 AR존은 모든 것이 사물 인터넷의 운영 체계하의 오토매틱화된 곳으로 인간 대신 로봇의 역할이 클 거라고 생각했다. 하지만 랑의 예상은 완전히 빗나갔다.

그곳은 최소한의 의식주만 실존하는 물질로 해결할 뿐 나머지는 웨어러블 VR 기기를 통해서 가상의 물체로 삶을 누린다. 가상 체험과 대리 만족의 집결체라고나 할까?

예를 들어 거실의 소파와 테이블은 실존하지만 인테리어 소품인 액자, 화분, 장식품 등은 가상 영상으로 대신한다. 각 가정 내의 가전제품도 전체 중앙 관리 시스템에서 시뮬레이션 화면을 통해 공급해 주는 식이다. 온실가스 배출량을 줄이기 위해 의식주 외의 소비는 하지 않고 증강 현실로 대체해 경제적이고 합리적인 생활을 하자는 의도에서다. 다시 말해 양질의 삶을 위해 최소한의 첨단 기술은 취하지만, 정도 이상은 누리지 않기에 로봇과 같은 인격화된 장치들은 거부한다.

AR존에 거주하는 이들은 크게 두 부류로 범인류애적인 사고를 가진 환경보호자들이거나 생존에 최소한의 물건만 소유함으로써 삶의 중요한 부분에 집중하는 미니멀리스트들이다. 어느

쪽이든 비교적 이상적인 취지를 갖고 모인 이들의 거주지로 볼 수 있다.

루이모는 자신을 미니멀리스트라고 했고, 그 점 때문에 랑은 망설였다. AR존에 대한 호기심은 있었지만 랑은 미니멀리스트가 될 자신은 없었다. 랑은 갖고 싶은 게 많았다.

나날이 업그레이드되어 나오는 생활 로봇들과 독특한 디자인의 옷과 액세서리 등등. 한때 랑은 다양한 것들을 맘대로 가질 수 있다는 생각에 빨리 어른이 되고 싶을 정도였으니까. 강렬한 빨간색 원피스, 뾰족한 굽의 하이힐, 형이상학적인 조합의 색으로 번지는 그라데이션 무늬의 가방까지. 밤새 떠들어 댈 수 있는 아이템들이 있는데 그 모든 걸 가상 체험으로 만족해야 한다고? 말 그대로 '없지만 있다고 치고' 살아야 한다는 게 얼마나 허탈하고 잔인한 삶일까?

"내 안에서 바글바글 끓고 있는 욕망 때문에 전 자신이 없어요."

루이모는 눈을 동그랗게 뜨고 말했다.

"그러니까, 바로 그거야."

"그거라뇨?"

"있다고 치는 훈련, 아니다. 네 경우는 가상으로나마 있어 보는 경험을 누리는 거지."

"있어 보는 경험?"

"응. 대리 만족 말야. 난 인생 초년생인 네게 미니멀리스트로 살라고 강요할 생각은 없어. 삶의 노선은 백 프로 네 몫이니까. 하지만 넌 학생이라서 갖고 싶은 것을 욕심껏 가질 수 없을 테니 가상 체험으로 욕망을 채우는 것도 방법이 아닐까?"

앗! 랑의 눈이 번쩍 뜨였다.

'그래, 어차피 양육 기관에서는 최소한의 것만 공급받고 생활도 단조로우니 AR존에서 가상 체험으로나마 위로 받는 것도 좋지 않을까?'

모든 사물엔 앞뒤가 있듯이, 모든 일은 다르게 생각할 수 있다는 걸 랑은 그 순간 깨달았다.

"아! 그럴 수도 있겠네요."

"그래. 사실 소유란 것도 일종의 착시 현상 같은 거거든? 생존을 위해 필요한 것들을 빼고는 결국 다 심리적인 자기만족인 거니까."

"네?"

"처음에야 좋지만 뭐든 계속 갖고 있으면 별게 아니잖아?"

"아~ 그거야, 뭐……."

"중요한 건 난 널 미니멀리스트로 설득할 생각은 없다는 거야."

랑 역시 설득당할 생각은 없다. 다만 루이모와는 다른 이유로 AR존을 활용할 방법이 떠올랐다. 마음의 착시 현상이나 자기만족까지는 알 바 아니고, 욕구 실현 시뮬레이션을 위해 AR존을 활용하기로. 욕망은 깔고 앉는다고 해서 절대 꺼지지 않는다. 질량 불변의 법칙을 지닌 것처럼 꺼지지 않고 어딘가에 응축되어 있다가 기어코 자기 존재를 드러낸다. 그러므로 욕망은 어떤 식으로든 채워서 연소시켜야 한다. 랑은 자신 안에 탱글탱글 살아 있는 그것들을 위해 AR존으로 가기로 결정했다.

"좋아요."

물론 그 이유가 전부일 리 없다. 랑은 국가 수용 시설에서 단체 생활만 했기에 '가족'이라는 것에 동경이 있었다. 가족 형태는 진작부터 2인 동성 가족을 선호했기에 큰 고민은 없었다. 루이 모는 2인 가족 파트너로 손색이 없는 캐릭터였다. 일단 말이 잘 통했으니까.

AR존에서의 1년은 그럭저럭 괜찮았다. 다양한 가상 체험의 세계는 랑을 풍요롭게 했다. 경험의 범위를 확장시켰다고나 할까?

오감을 활성화시키는 체험은 랑의 촉수를 배가시켰다. 웨어러블 기기에 부착된 큐브를 통해 펼쳐진 증강 현실은 모니터 안으로 들어간 것 같았다. 몰입의 정도가 다르므로 보상도 다를 수밖에 없다. 특히 가상의 고래와 수영한 체험은 어찌나 생생하던지……. 미끈한 피부가 랑의 배를 훑고 지나갔을 때의 감촉과 고래의 소리는 아직도 생생하게 남아 있다.

얼마나 리얼하던지 루이모가 말한 욕망의 유예가 가능하게 될지도 모른다는 생각이 들었다. 아니 욕망의 유예만이 아니라 미니멀리스트로서의 삶에 호기심까지 생길 정도였다. 또 루이모가 추천한 역할 시뮬레이션을 통해 인간의 마음 켜켜를 읽어 내는 법을 배웠는데 덕분에 삶의 지평이 넓어진 것 같았다.

다만 루이모와의 관계는 아쉬웠다. '가족이 이런 건가?' 회의적일 만큼. 랑의 살가운 표현에도 루이모는 단답형으로 말꼬리를 잘라 번번이 랑의 마음에 상처가 나는 기분이었다. 랑이 감정 솔루션 시뮬레이션을 통해 이런저런 기술을 터득했어도 루이모는 여전히 어려웠다. 마치 손잡이가 없는 문 같다고나 할까? 어딜 잡아야 할지, 무슨 말을 해야 할지 늘 난감했다. 가족으로 묶인 게 아니라면 서운할 일도 아니건만, 재생가족으로 살기로 해놓고 '이건 뭐지?' 싶어 단도직입적으로 물어봤다.

"루이모는 내가 마음에 안 들어?"

"설마! 왜 그렇게 생각해?"

"가까워지지 않으니까."

"난 충분히 가까워졌다고 생각하는데? 가족이어도 일정 거리 안으로 너무 밀착하는 건 서로에게 안 좋다고 봐."

"그건 그렇지만……."

랑도 동의한다. 가족이란 번들로 묶였어도 낱개 포장된 과자처럼 개별로 존재하는 사이. 그게 합리적인 가족이라고 생각했다.

랑이 2인 동성 가족을 선호했던 이유이기도 하니까. 부모가 있는 재생가족들은 엄마 아빠란 고정 관념이 주는 역할 때문이기도 하지만, 세대가 달라서 생기는 가치관의 차이로 마찰도 많고 끈끈한 감정에 엮여 서로의 삶에 가로거치는 예가 많다고 들었다. 랑도 그런 건 질색이다. 그래서 루이모를 선택한 것이고 편하게 가족이라는 한배를 탈 수 있었다. 하지만 소소한 감정도 나누지 않는 이런 식의 건조함을 원한 건 아니었다.

"랑, 말이 짧은 건 내 기질이야."

타고난 기질이라고만 생각하기엔 너무 허전했다. 루이모 표현대로 내 식대로만을 고집한다면 굳이 가족이 될 필요가 있었을까? 루이모도 내게 원하는 바는 있었을 텐데……. 랑은 의아함에 실망한 표정을 지었다. 그러자 루이모는 말했다.

"나, 애쓰고 있어."

그 한마디에 랑의 마음은 봄날의 눈처럼 녹아들었다. 아니, 그 말 하나면 된 거다. 애쓴다는 건 다가오고 있다는 소리니까. 느린 걸음도 결국은 도착할 테니까.

'루이모가 미니멀리스트로 살면서 삶의 패턴을 최소화하다 보니 내면의 감정도 최소화하는 게 습관이 된 건지도 몰라.'

랑은 이렇게 이해했다. 모두에겐 각자의 방식이란 게 있는 거니까.

자율 주행이 끝났다는 알람에 루이모는 잠에서 깼지만 아무 말 없이 앞만 응시했다. 초보 운전자처럼 한껏 긴장한 폼이라 랑은 이 수상한 이동에 대해 차마 물어볼 수가 없었다. 날이 희부예지고 차의 움직임이 느려질 즈음 안개 사이로 회색 건물이 보였다. 낮고 덩치 큰 건물엔 건물의 정체성을 짐작할 만한 어떤 표식도 없었다. 그래서일까? 아니면 주변을 감싸는 안개 때문일까? 랑에겐 이 모든 게 비현실적으로만 보였다.

 증강 현실에 있을 때조차도 이렇게 비현실적이지 않았는데, 막연한 두려움이 이 현실을 부정하고 있는 것이리라. 조급한 맘에 랑은 루이모를 향해 외쳤다.

 "혹시, 이곳에 나를?"

 "맞아."

 "왜?"

 "들어가서 얘기해."

 루이모는 단호했다. 불길하게 느껴질 정도로. 하여 랑은 본능적으로 좌석에 몸을 밀착시키고 두 손은 안전벨트를 꽉 잡은 채 말했다.

 "싫어!"

 "랑!"

 "나한테 최소한의 정보는 줘야 하는 거 아냐?"

 "가족으로서의 선의로 널 데려온 거야."

'가족으로서의 선의?'

랑에겐 생소한 표현이라 움찔한다. 왠지 일반적인 선의와는 밀도가 다를 것 같다는 기대감에 방어 자세를 풀었다. 하지만 성큼성큼 앞서는 루이모 뒤를 말없이 따라가자니 랑의 마음엔 의혹의 풍랑이 거세게 일어났다.

'흥! 선의니 뭐니 하지만 결국 파양이겠지?'

불안감에 랑은 최악을 상상해 보지만 마음 한구석엔 '가족으로서의 선의' 그 말에 매달린다. 언제든지 파양을 받아들일 마음을 갖고 살았지만 파양이 쉬운 게 아니란 걸 랑은 안다. 마음에 뿌려진 씨앗은 쉽게 없어지지 않는다는 걸 잘 알기 때문이다.

디지털 원주민의 추방

랩실에서 빨간빛을 쏜다. 빛은 무음이지만 도하는 빛의 음성을 선명하게 듣는다.

장도하 탈락

마음에 경보음이 울린다. 감정 표현 및 언어 능력 테스트에서 또 탈락했다. 이건 과제를 게을리한 결과 때문만은 아니다.
 '현실에서 일어난 일과 감정을 언어화해서 습관처럼 읊조리라'는 과제가 도하에겐 역부족이다. 감정을 느끼는 일도 어려운데 언어로 표현까지 하라니. 상황에 맞는 객관적 감정이란 게 애초부터 가능한 일인지 회의적이다. 또다시 랩실이 빨간빛으로 반짝인다. 아니, 반짝이는 게 아니라 빨간색은 경고한다.

'나가!'

빨간빛의 삿대질에 밀려 도하는 서둘러 나왔다.

복도에 앉은 애들은 북패드에 얼굴을 박고 있다. 인터넷이 없으니 북패드로 웹툰이나 보겠지만 다들 나름 진지하다. 세상의 많은 사람들이 그렇듯 이곳의 애들도 자기만의 세계 속, 각자의 밀실에 있다. 밀실에 갇힌 아이들을 꺼내 소통 교육을 시키는 게 이곳의 설립 취지라건만 다들 예전의 습성들을 버리지 못한다.

도하는 자기 뒷번호 아이를 찾아 손을 흔들어 보인다. 뒷번호 아이가 바로 랩실로 안 들어가면 전 수험자, 즉 도하의 대인 관계 지능 책임이 감점당한다. 온라인 생활에 익숙한 도하에게 오프라인 공동체는 험난한 가시밭길 같다. 늘 주변을 의식해야 하는 것도 힘들고, 살아 움직이는 것들의 예기치 못할 행동과 의중을 읽어 내는 것도 고역이다. 클릭 하나로 상황을 멈추거나 전원을 끌 장치도 없는 이곳은 전쟁터와 같다. 디지털 원주민으로 살던 도하는 하루아침에 야생 사자들이 어슬렁거리는 평원에 엉거주춤 서 있는 사슴이 된 기분이다.

도하는 다음 테스트를 위해 이동했다. 어느 방인지 몰라 헤매고 있는데 웬 아이가 말을 시킨다. 마른 몸에 비해 머리가 커서 가분수로 보인다.

"나온 거야?"

"응."

"나온 게 아니라 나옴을 당한 거겠지?"

"응?"

"유머야. 다음 단계는 여기서 기다리면 돼."

"어."

아이는 옆으로 앉아 자리를 내어 주고 악수를 청한다.

"난 호이."

"난 도하."

'아!'

 도하는 그제서야 깨닫는다. 이 경우, 호의를 건넨 쪽에게 친화의 표시로 악수를 청해야 한다고 배웠다. 도하는 엉겁결에 두 손을 내밀어 그 애의 손을 감쌌다. 곧 손바닥에 전해지는 예기치 못한 온기에 도하는 움찔한다. 차가운 얼음을 먹었을 때 머리 부분을 쑤시는 듯한 찌릿함과 흡사하다.

 '이런 느낌은 감정을 살찌우는 플러스 감정일까? 통증으로 분류되는 하위 감정일까?'

 원치 않는 일을 하니 얼굴이 화끈거리기 시작한다. 얼굴이 붉어지면 신경이 그쪽으로 몰려 상황 파악이 안 된다. 당황해서 머릿속이 하얘지니까.

 이곳에 온 뒤론 모든 게 낯설고 혼란스럽다. 한 달밖에 안 되

없는데 몇 년은 된 기분이다. 도하는 자신만의 공간으로 도망치고 싶다는 생각이 간절하다. 그곳에 가면 자신의 뇌는 정상 가동될 것이다. 하지만 이게 도하의 문제점이라고 했다.

사회적이지 않은 것. 그래서 이곳에서 다양한 상황에 노출되는 훈련을 받고 있다. 하지만 이렇게 무작위로 자신을 노출시키는 게 무슨 의미가 있을까 싶다. 도하는 사회적이지 않아도 살 수 있는 방법이 있다고 생각한다. 그게 자기 삶에 대한 옳은 선택이고 정당한 일이라고 믿는다. 자신은 고장 난 신체의 장기를 방치하면서 사는 게 아니다. 고장 난 장기는 고치지 않으면 생명을 위협하지만 이건 자신의 기질일 뿐이다.

생명이 위협받거나 사회에 해가 되는 일도 아니므로 이곳에 올 이유는 없다고 엄마에게 주장했지만 소용없었다.

"그게 전부가 아니야! 인류의 미래를 위한 일이야."

엄마는 어른의 지혜를 믿으라고 거창하게 설득했다. 그 말을 듣는 순간 도하는 코웃음을 칠 뻔했다.

'내가 왜 인류의 미래를 생각해야 해?'

뭐, U존의 원가족으로서 사회적 책임감으로 인류를 생각해야 하는 거 아니겠냐고 누군가 묻는다면 도하도 할 말은 있다. 책임감이라면 인류의 미래를 위해서 우주 탐사선에 올랐다가 공중에서 사라져 버린 아빠 하나로 충분하다고. 우리 집의 책임감 할당량은 충분히 했다고 따지고 싶다. 또 어른의 지혜란 말도 어불

성설이라고 생각한다. 많은 것들이 기술화된 시대에 인간이 터득한 지혜를 구해야 할 만큼 예기치 못할 사건은 별로 없다.

　인공 지능은 잘 짜인 프로그램하에서 다양한 변수들을 계산해 우리의 현재와 미래를 진단해 준다. 그러므로 도하는 엄마가 삶에서 얻었다는 지혜를 믿지 않는다. 도하가 경험한 어른들의 충고는 주관적이거나 시대착오적인 내용이 많았다.

　도하 자신만 중뿔나서 이렇게 생각하는 건 아니다. 도하 세대는 인공 지능이 분석한 객관적인 결과를 더 믿는다. 재생가족 애들은 물론 비교적 부모와 연대가 튼실한 원가족 아이들도 동의하는 공공연한 사실이다. 우리는 컴퓨터에 많은 기능을 이관시키고 더불어 잘 살고 있다. 컴퓨터는 우리의 일부다. 그런데도 이곳 사람들은 그걸 부인하려는 걸까? 최대의 효율성을 가진 빅 데이터의 융합이 낳은 결과물을 배신하는 원시적인 교육을 왜 새삼스럽게 필요로 하는 건지?

　도하는 이해가 안 간다. 이곳의 전 과정을 배운 게 아니어서 잘은 모르지만 문장력, 구성력, 기획력, 관계 능력, 소통 능력, 통찰력, 매체를 상황에 맞게 활용하는 능력 등을 배운다. 어제는 맞춤법이 틀렸다고 지적 받았다. 컴퓨터에 한 번만 클릭하면 맞춤법 기능이 알아서 고치고, 동의어가 나오고, 주제만 넣으면 문장도 쓰고, 심지어 기획 기사까지 쓰는데 왜 이런 걸 배워야 하는지 이해가 안 간다.

'신뢰할 수 있는 기술에 의지하는 게 뭐가 잘못이란 거지? 게다가 학습을 통해서 감정 소통까지 배워야 한다니.'

머리 큰 아이는 통성명으로 끝낼 생각이 아닌지 입꼬리를 한껏 올리곤 말한다.

"도하! 만나서 반갑다는 진부한 말로 서두를 장식하고 싶지는 않지만 네 손을 잡았을 땐 반가움에 가슴이 일렁이더군. 새로운 사람을 만난다는 건 하나의 세계가 오는 거라고 하던데 과연 너의 세계는 어떨지 궁금해지네."

'미친놈!'

자신을 상대로 배운 걸 복습 중인 아이에게 도하는 욕지기가 치민다. 그 애의 미소는 반가움이 아니라 성취감의 일종이다.

"도하! 난 U1존에서 왔어."

"나도."

"어? 너도?"

호이란 애는 갑자기 친밀감을 내보인다. 그 애의 얼굴에 넘실거리던 거만함은 U1존 거주민으로서의 우월감이었나 보다.

"그랬구나. 난 그렉 호이야."

"난 장도하."

U존 중에서도 원가족 애들에게만 성이 있다. 원가족의 정통성을 보호하기 위해 성을 붙이게 되어 있다. 갈수록 출산율도 낮고, 혈연 부모에 의한 출산은 더더욱 희귀해졌기 때문이다. U존

과 G존 외에는 결혼의 후속 과정으로 출산이 이어지는 예는 그리 많지 않다. 언젠가부터 사람들이 혼자 살기를 원하거나 결혼해도 출산을 기피하면서 사회 노령화로 국가적인 위기에 봉착하자, 국가는 출산 기구를 만들었고 거기에서 출산된 아이들이 한 세대를 잇는 명맥을 간신히 유지하고 있다. 출산 기구는 여러 명이 출산이라는 과정에 참여하는 공동 협업의 방식인데 생식을 위해 난자를 제공하는 그룹과 자궁을 제공해서 출산을 전담하는 그룹, 여기에 아동 양육시설 노동자들이 사회적인 모성으로서의 역할을 하는 식이다. 아이는 국가양육기관에서 길러져 사회 자원이 되고, 그 후 미성년을 지나면 혼자이거나, 결혼하거나, 아니면 다양한 형태의 재생가족을 이루며 산다.

인구 비율로 보면 원가족에서 출생된 아이들의 비율은 8 대 2 정도니 희소성만으로라도 자부심을 가진다. 게다가 U존 내의 원가족 아이는 경제력이나 사회적 지위가 높은 집안들이라 더더욱 그렇다. 물론 예외도 있다. 원가족 아이로 태어났지만 사회적 정체성을 새로 얻고자 자기의 성을 포기하는 예도 있다.

"우리 집은 정치가의 집안이야. 너는?"

"우리 아빠는 과학자셨어."

"아! 그런데? 지금은 아니라고?"

"글쎄."

"글쎄라니?"

도하는 뭐라고 말해야 할지 모르겠다.

'아빠는 과학자인 채로 사라졌으니 지금은 과학자인 걸까, 아닐까?'

그 이야기까지 하고 싶지도 않고 생사가 불분명한 분을 돌아가셨다고 하기도 싫었다. 아빠는 인류의 미래를 위해 스푸트니크처럼 우주 어딘가를 정처 없이 떠돌고 있을지도 모르니까.

"내가 아는 게 거기까지야."

"말하고 싶지 않은가 보네?"

"그건 아닌데…… 애매해서. 넌 왜 여기 온 거야?"

"왜 오다니?"

아이는 '그런 생뚱맞은 질문이 어디 있냐?'며 놀랍다는 표정이다.

"아니. 여기 온 목적이 있을 거 아냐?"

"인공 지능의 결과가 나를 이곳으로 보냈지."

"결과가?"

"응. 우리 같은 지배층들이 대중의 감정을 다룰 줄 알아야 하지 않겠어? 그러니 필요한 걸 얻기 위해 온 거지."

"뭐? 지배층?"

도하는 지배 같은 건 하고 싶지 않다고 고개를 저어 보인다.

"네가 인정하거나 말거나 넌 U1존의 원가족이야. 부인해도 넌 태생적으로 위에 있으니 책임감이 있어야 한다고."

'아! 엄마가 말하던 인류의 미래를 위한다는 말이 이건가?'

도하는 속으로 생각했다.

'젠장! 원가족의 아이라고 책임감에 발목 잡혀서 살아야 해? 내가 왕조 시대의 왕손으로 태어난 것도 아닌데, 태생적으로 해야 할 일이 있다는 게 말이 안 되잖아?'

도하는 흥분했지만 호흡을 고르고 차분하게 묻는다.

"과연 이딴 구시대적인 교육이 필요한 걸까?"

"과학 기술을 부정하자는 게 아니라, 하나에 하나를 더 얹자는 거야. 일종의 추가 기능이라고. 하나 더 있으면 그만큼 더 유리한 거잖아?"

"난 됐어."

"무슨 소리야? 과학 기술은 포화 상태고 이제 필요한 건……."

"알아. 근데 난 지금으로 족해."

각 분야의 전문 지식은 자동화와 컴퓨터화로 대체된 지 오래다. 이제 웬만한 지식은 길에 널린 돌과 같다. 중요한 건 생각하는 방식과 창의적인 문제 해결 능력인데 창의적인 능력을 키우려면 풍부한 감정의 촉수를 깨우는 교육이 필요하다고 배웠다.

"설마, 너 여기에 온 걸 툴툴대는 중이야? 네 알량한 머리로 분석하고 판단하면서? 감히 인공 지능의 결정에 개길라고?"

'알량해도 내 머리인데 판단 정도는 해야 되는 거 아닐까?'

도하가 속으로 말하는데 한 무리가 지나갔다. 호이와 도하는 자연스레 그들을 봤다. 두 명은 이곳 사람이고 한 명의 여자는 두어 번 정도는 본 것 같은데, 여자아이 한 명은 낯설다. 호이는 눈동자에 호기심을 번들거리며 말한다.

"새로 왔군."

양 갈래로 묶은 여자아이의 머리가 걸을 때마다 춤을 추듯 출렁인다. 그때 도하의 눈에 여자아이의 가방이 들어온다.

"대체 근거가 뭐야?"

"뭐가?"

"저 애 가방에 달린 저 전선, 애완 로봇 카피의 전선이거든."

"그래? 저게 한눈에 보이다니 제법인데?"

"익숙한 건 눈에 잘 띄기 마련이니까. 근데 소지 불가 품목이 무슨 근거로 나뉘는 거냐고?"

양 갈래 아이의 가방 속 카피의 전선에 도하의 기분은 서늘해진다. 그런 도하의 마음을 알 리 없는 호이는 무신경하게 대꾸한다.

"글쎄……."

도하는 자신의 카피가 떠올라서 우울해졌다. 이곳은 언플러그드 구역이라 전자 기기는 반입 금지지만 애완 로봇 카피는 일부 기능만 차단시키면 소지가 가능하다고 들었다. 하지만 도하의 경우는 그마저도 제한되었다고 전해 들었다. 도하는 배터리가 없는 상태로라도 카피를 데려다줄 것을 엄마에게 부탁했지만 그 역시 일언지하에 거절당했다.
"전원이 연결 안 된 카피는 문제될 게 없잖아요?"
"노! 그 이야긴 그만!"
 엄마가 '그만!'이라고 하면 더 이상 여지가 없다는 소리다. 전의를 상실한 도하는 깨끗하게 포기했다. 그럼에도 불구하고 엄마는 또 한마디를 보탰다.
"카피는 데려간다고 표현하는 게 아니야! 사물과 사람은 구분할 줄 알아야지."
 카피는 도하와 오랜 시간을 공유한 친구다. 엄마는 그 사실을 인정하지 않는다. 사물과 친구일 수 있다는 것 자체를 이해 못하니까. 그건 내 생각만 옳다는 독선에서 비롯된 거다. 도하는 자신이 누군가의 독선에 갇혀 있다는 게 우울했다.
 엄마는 도하가 친구가 없고, 사회적이지 않고, 사교적이지 못하다고 비난하지만 카피와의 교감은 눈에 떠오를 듯 선명하고 손에 잡힐 듯이 확실하다. 카피는 안전하고 예상 가능한 도하의 친구다. 기술적인 교감이 가능하다고 할까? 도하의 얘기를 들어주고 자기 식대로 반응한다. 설사 원하는 대답을 주지 않는다 해도 카피는 늘 그 자리에 '존재하며 신속하게 반응한다'. 적어도 아빠처럼 한순간에 사라지지는 않는다.
 카피를 떠올리니 도하는 마음이 아파 온다. 기억은 예기치 않은 사소한 자극만으로도 살아 움직인다. 도하는 카피와 안락한

밀실에 갇히고 싶다. 이 거친 오프라인 세계에서 차단되어 밀실에 갇힌 채로 온라인 세계를 활보하고 싶다. 어찌 보면 디지털 원주민으로 살아온 도하에겐 자연스럽고 당연한 욕망일지도 모른다.

 반나절의 수업만으로도 피곤해진 도하는 창가에 기대앉아 있었다. 그때 창밖으로 육중한 무언가가 낙하했다. 순식간의 일이라 제대로 못 봤지만, 뒤이어 낙하한 물체가 바닥에 떨어지는 소리가 요란했다. 무언가가 깨지는 듯한 소리와 단말마의 비명까지.
 도하는 본능적으로 튀어 나갔다. 이미 몇몇 아이들은 기역 자로 꺾인 복도 쪽으로 뛰기 시작했다. 그쪽으로 가면 건물 아래가 보일 테니까. 도하도 그들을 쫓아갔지만 아이들은 더 가지 못하고 멈춰 섰다. 투명한 벽이 그들을 차단하고 있었다. 차단 벽은 어찌나 맑고 투명한지 뒤이어 달려온 아이들이 그대로 와서 머리를 박을 정도였다. 앞이 막혔다는 게 믿기지 않아 도하는 벽을 두들겨 봤다. 그 앞에 모인 아이들은 제각각 자신들이 본 사실을 떠들어 댔다.
 떨어진 건 사람이 분명했다. 누가 왜 떨어진 건지는 아무도 모른 채, 놀라움과 궁금증으로 일관된 표정들만 짓고 있었다. 도하는 그 가운데서 다른 표정의 아이를 봤다. 비상구 쪽 기둥에 있는 여학생의 얼굴. 똑바로 볼 수 없어서 안 보는 척했지만, 그 애의 눈가와 코끝이 벌겋게 젖어 가고 있었다. 당황한 도하는 시선을 피하다 일순간 그 애와 눈이 마주쳤다. 인정하고 싶지 않은 마주침이라 도하는 서둘러 몸을 움직였다. 그러다 그렉 호이도 보았다.

 해산하라는 관리인의 명령에 아이들은 하나둘 흩어졌고 도하도 방으로 들어왔다. 문을 잠그고 편한 자세로 누웠지만 마음은 쉽게 가라앉지 않았다. 누군가의 죽음과 눈이 마주친 아이의 얼굴이 무겁게 와닿았다.

 '그 아이는 왜 숨어서 눈물을 흘린 걸까?'

 도하는 조금 전 일들을 다 날려 버리고 싶다. 자신과는 무관하니 털어 내야겠다고 다짐한다. 도하는 클릭 하나로 눈앞의 것을 순식간에 무위로 만들 수 있는 온라인 세상이 또다시 그립다. 알 수 없는 일에 자신이 엮일 수도 있다는 것에 머리가 아프다. 도하는 약통을 찾기 위해 서랍을 뒤졌다.

이테크 스쿨

랑의 손목에 홀로그램 워치가 채워졌다. 하얀색 원 위로 파란색 홀로그램 글자가 지나간다.

이테크 스쿨입니다. 환영합니다!

이로써 입소 절차는 끝이라고 관리인은 말한다. 그러곤 스캔이 끝난 랑의 가방을 건넨다. 열린 틈 사이로 힐끗 보니 카피의 전선만 있고 카피가 안 보인다.
"제 로봇 카피는요? 혹시 소지 불가 물품인가요?"
"아니, 제거해야 할 칩이 있으니 오후에 다시 찾으러 와요."

관리인 왈, 카피의 기능을 일부 정지시켜야 한단다. 이곳은 오프라인 세상이니까 그럴 만하다고 랑은 생각한다.

인테리어 소품 하나 없는 긴 복도를 지나 2층으로 올라온 랑은 자기 방으로 들어왔다. 방엔 최소한의 가구만 있어 랑이 살았던 D타워 기숙사가 연상된다. 침대와 책상, 옷장, 1인용 소파와 스탠드 하나. '최소한의 생존만 가능함'이라고 강요하는 것 같아 우울해진다. 게다가 눈앞의 것들은 무채색이라 랑은 AR존에서 누리던 가상 물체의 현란함이 그리워진다. 그리고 자연스레 뒤따르는 생각.

'결국 파양인 거지.'

랑의 마음속에 또다시 파문이 인다. 이곳에 대한 궁금증과 불안보다는 자신이 파양된 거란 사실에 더 신경이 쓰인다. 루이모와 사는 동안 따스했던 기억은 없지만 루이모가 애쓰겠다고 한 말에 마음을 걸었다. 그래서 온기로 엮인 가족을 느낄 수 있을 거란 희망이 있었다. 한 번도 경험한 적은 없지만 언젠가는 닿을 수 있으리라는 희망이 있었는데, 그게 좌절되었다는 사실이 헛헛하다.

D타워에 살 때는 몰랐던 가족, 평생 모를 수도 있었고 또 몰라도 살 수 있었던 자신이 루이모와 살면서 비로소 가족애에 희망을 품었는데 하루아침에 이렇게 팽개쳐진 게 슬펐다. 어느새 랑의 눈엔 눈물이 흐른다. 침대에 누운 채라 눈물은 목선을 따라

이불을 적신다.

　슬픈 와중에도 불현듯 이상한 생각이 들어 벌떡 일어나 앉았다. 그러고 보면 랑은 AR존에서 살기 전엔 눈물을 흘린 적이 없었던 것 같다. D타워에서의 생활은 시련이랄 게 없었다. 감기나 복통 같은 소소한 고통 외엔 큰일이 없었기에 울 일이 없었다. 대부분의 교육은 온라인으로 이뤄져 적절한 거리 두기가 가능해 내상을 입을 일이 없었다. 친구 관계도 AI의 지시하에 기질별 섹션화가 되어 있어 갈등의 소지가 거의 없었다. 더러 갈등이 생겨도 바로 가이드라인을 제시했고 그걸 수용하는 게 원칙이라 분쟁도 없었다. 간혹 사이버 따돌림이 생겨도 곧바로 검색 엔진에 노출되므로 마음의 소모전도 없었으니 눈물을 흘릴 일은 거의 없었다. 이건 랑뿐만 아니라 공동육아로 자란 아이들의 특성이다. 마치 운동 부족으로 계발되지 않은 땀샘처럼 눈물샘도 개통되기 전이라고나 할까?

　AR존에서는 이런저런 감정 시뮬레이션을 통해 감정이 계발되고 급기야 감정의 혼수상태에 빠진 기분이었다. 처음엔 감정의 롤러코스터를 타는 기분이 익숙지 않아 곤혹스러웠지만 이내 랑은 감정이 주는 포만감에 만족했다. 태어나서 처음 맛본 느낌들은 신세계였다. 아픔이나 고통에서 오는 슬픔 말고 아름다움이나 행복함의 정점 끝에 오는 슬픔이란 게 있단 것도 AR존에서 처음 배웠다. 뜨거운 눈물이 벅차오르던 기억, 가슴 안쪽

이 뭉클하면서 온기가 퍼지던 기억, 유연제라도 뿌린 듯 마음 구석구석이 노글노글한 느낌. 그렇게 따지면 루이모의 말이 이치에 안 맞는 것 같아서 혼란스럽다.

 루이모는 랑의 감정석화증 때문에 이곳에 왔다고 했다. 말 그대로 감정이 굳는 증세라 이테크 스쿨, 일명 감정 학교에 자신이 보내진 거라고. 그럼 이 눈물의 정체는 뭐란 말인가?
 '루이모와의 이별이 이렇게 슬픈데 감정석화증이라니?'
 랑은 루이모와 나눴던 이야기를 되씹어 본다. 루이모는 욕망의 브레이크를 잃은 채 기술 개발에 혈안이 되어 잘난 과학자들도 미처 생각 못한 늪에 빠지게 된 거라고 했다. 서서히 뜨거워지는 물속에 있다가 조용히 익어 간 멍청한 개구리처럼 된 거라고.
 "태어나면서부터 인터넷을 접하며 인지 능력을 배운 너희들은 다양한 가상 네트워크 속에 살면서 공감 능력이 없어진 상태라 더 심각하지."
 랑도 언젠가 배웠다. 멀티태스킹으로 인한 산만함으로 우리 뇌가 혹사당해서 심리적인 공감 기능이 떨어진다고. 뇌는 외부적인 자극을 덜 받고 있을 때 휴식을 취하는데 우리처럼 늘 인터넷을 달고 살고, 창을 여러 개 열어서 동시다발적으로 자극을 받다 보면 스타카토식 사고를 하게 된다고. 그러다 보면 물리적인 고통에는 뇌가 반응하지만 심리적 고통에는 반응 시간이 느려져 결과적으로 디지털 기술에 의존할수록 인간의 공감 능력이 떨어진다고. 하지만 랑은 확대 해석이란 생각에 반박했다.

"죽어 가는 개구리에 비교할 만큼 치명적이라고? 인간의 뇌는 경험과 환경에 변화한다니, 헝겊 인형을 갖고 노는 뇌와 블록 인형을 갖고 노는 뇌는 다를 수밖에 없잖아? 일종의 진화 내지 불가피한 변화 아냐?"

"아니, 단순한 변화라고 보기엔 치명적이야. 얼마 전에 D존에서 잔인한 일이 벌어졌어. U존 아이들 다섯 명이 무차별 폭력을 가해서 열 명의 D존 아이들이 입원했어. 처음엔 그냥 패싸움이라고만 생각했는데 놀라운 건 가해자인 애들이 그 일을 게임으로 인식하고 있었단 거지. 오래전부터 게임 중독으로 인한 파괴적 성향이 범죄로 이어진 경우는 종종 있었어. 하지만 이번에는 집단으로 벌어졌단 거야. 집단 세뇌가 이뤄진 것처럼 말이야. 그 아이들을 검사해 보니 하나같이 현실 이해 착란 증세거나 감정석화 증세를 보이더군."

"감정석화?"

"공감 능력 저하가 극단화된 걸 말해. 예를 들어 폭력 게임에 노출 빈도가 많은 애들의 경우 실제 폭력과 가상의 폭력을 구별하지 못하는데, 이건 폭력이나 고통에 도덕적으로 반응하지 않도록 우리의 뇌가 재구성되고 있다는 거야. 우리 사회가 탈감정 사회로 진입한 건 공공연한 사실이지만 정도가 심해진다는 건 앞으로 더 무서운 일이 벌어질 수 있다는 거지."

 그래서 디지털 스트레스로 늪에 빠진 아이들을 구하기 위한 곳이 이곳, 이테크 스쿨이라고 했다. 어떤 식으로든 감정의 결핍이 주는 문제점을 보완하고 치유받고자 하는 아이들이 모인 곳이라고.

 "내가 치유가 필요할 정도야?"

 "심각하지는 않지만 넌 인터넷에 접속하지 않으면 불안해하는 증세가 있잖아? 넌 시뮬레이션을 통해서 감각은 느끼지만 감정이입이 안 돼. 감정 곡선이 멈춰 있다고."

 "이해가 안 돼, 난 감정의 기복을 느끼면서 산다고. 갖고 싶은 것도 많고 다양한 욕구가 있는 건 감정이 살아 있다는 증거가 아니겠어?"

 "넌 혼자서 쓰는 감정은 가능해. 그런데 사랑이나 우정 같은 감정은 상대와 공유해야 하는 감정이거든? 타인과 또 다른 타자가 숱한 조건과 상황에 맞물리면서 생기는 감정들을 읽고 행동할 수 없다는 것은 인간과 더불어 살 힘이 없어진다는 걸 뜻해. 1+1에서 생긴 2처럼, 둘이 만든 감정은 둘만의 고유물인데 그걸 못 느낀다면 심각하잖아? 네가 가상 세계에서 필요에 의해 결성된 순간 공동체만 접하다 보니 우정도 디지털화되고 결국 네 감정을 석화시킨 거라고 생각해."

"이상해. 나 정도가 문제라면 문제는 도처에 있단 건데…… 왜 이런 사실을 사회에 알리지 않는 거지?"

"위험하니까. 아직도 과학 발전을 목표로 두고 국가가 대대적으로 5차 산업을 운운하고 실행하고 있어. 도시도 몇 개의 덩어리로 정리하는 와중에 디지털 스트레스 증후군을 섣부르게 부각시켜서 브레이크를 걸면 가만두고 보겠어? 그 산업에 경제적으로 연루되어 있는 사람들은 더할 테고. 그러니 이상 징후를 보이는 소수를 지금 노출시키면 대부분 조용히 묻히거나 희생될 수 있어. 원자녀가 아닌 경우에는 더더욱."

기술이 경제성을 갖기 위해서는 네트워크가 잘 깔려 있어야 하고 인프라도 갖춰야 하므로 도시는 커다란 덩어리로 나뉘기 시작했다. 인프라가 깔린 U존과 환경 친화적인 가치를 추구하는 이들이 사는 G존, 증강 현실의 AR존과 극빈층의 사람들이 사는 D존으로 나뉘게 되었다. 랑은 U존의 변두리인 U10 출신이기에 첨단 기술이 부족한 편이었지만, U1은 사회 견인차의 역할을 하는 사회 지도층들이 살고 있는 곳이라 최상의 첨단 기술을 누리고 있었다.

그들은 기계를 발명하거나 기계에 관한 지적 재산을 소유하고 그 산물을 세계의 소비자들에게 배달하는 사람들로서 신흥 부유층으로 자리 잡았는데, 그들이 그리는 미래 사회의 청사진은 다른 존에서는 짐작할 수도 없을 정도라고 들었다. 그러니 루이모의 말대로 시대의 발전을 역행하는 일이 쉽게 먹힐 리는 없으리라. 랑은 정치적으로든 경제적으로든 권력을 손에 쥔 자는 얼마든지 무자비해질 수 있다고 들었다.

빅데이터의 눈에 잡히면 U존에서 조용히 거세될 수도 있다고 떠돌던 말은 가능성이 높은 말이다. 그래도 집단 폭력이 어떻게 무마된다는 건지 의아하다.

"D존에서 그렇게 큰 사고가 있었는데 왜 이렇게 조용하지?"

"가해자가 원자녀이니 덮을밖에. 결국 걔들이 어떻게 되었는지는 알아낼 길이 없어졌어. 다들 기계 문명 발전으로 누릴 성과에만 현혹되고 정작 그걸 누릴 인간이 어떻게 변질될지에 대해서는 간과하고 있으니. 과학 기술이 집만 근사하게 지으면 뭐해? 정작 거기 살 사람들이 병들어 가는데?"

"그러니까 내가 여기 있는 게 맞다는 소리야?"

"너를 위한 선택이야."

"가족으로 하는 이야기야?"

"응. 선의를 갖고."

랑은 루이모의 이야기를 되짚어 봐도 이성적으로는 받아들여지지 않았지만, 루이모의 선의를 믿기로 했다. 랑을 위한 선택이라니 루이모를 원망하고 슬퍼하는 일은 옳지 않다고 자신을 추스른다.

그럼에도 이테크 스쿨의 삶이 두렵다. 이곳에 유배된 채 오프라인으로 살아야 할 일이 깜깜하다. 루이모는 늪에 빠진 랑을 건지기 위함이라지만 랑은 지금 거대한 늪에 빠지는 기분이다.

'과연 두 다리만으로 버티고 설 힘이 있을까?'

랑은 다시 침대에 누웠다. 천장을 보며 랑은 온몸에 힘을 빼 본다. 늪은 잘못 움직이면 점점 더 가라앉는다. 몸에 힘을 빼고 머릿속 생각도 비워 보지만 랑의 의지와 상관없이 뇌는 저절로 가동하여 한 가지 결론만 낸다.

'검색해야 한다.'

의식이 행동으로 나가는 첫 단계는 늘 검색이었으니까. 검색 강박증이 랑을 괴롭힌다. 하지만 이곳은 이테크 스쿨이다. 어디에도 검색할 수 있는 곳은 없다. 자신이 모든 걸 생각해야 하는 곳이다. 랑은 한없이 처지는 자신을 구해야겠단 생각으로 애완 로봇 카피를 찾으러 나섰다. 카피라도 있으면 위로가 될 것 같았으니까.

랑이 카피를 찾아 안고 나오다 보니 건물 밖으로 자그마한 공원이 보였다. 네모반듯한 정원은 깔끔한 인상을 주면서도 정교하게 가지치기된 측백나무들이 인공적으로 보여 녹음의 푸근함보다는 차가움이 느껴질 정도였다. 그때였다.

"헤라!"

소리가 들리는 동시에 랑은 누군가와 부딪혀 넘어졌다. 측백나무 사이로 웬 여자아이가 튀어나오다 랑과 부딪힌 거다. 카피와 함께 넘어진 랑이 일어나기도 전에 여자아이는 자기 옷 속에서 튕겨 나온 물건을 허겁지겁 챙겨 들고는 내처 달려갔다. 미안하단 말도 없이. 그러곤 뒤이어 달려온 남자애가 여자아이를 뒤따라갔다. 랑은 넘어진 채로 달려가는 두 아이를 보며 로맨스 영화를 떠올렸다. 뭔가 절박한 듯한 뒤따름이 연인에게서 보여지는 무엇 같았으니까. 하지만 이곳은 감정석화증에 걸린 아이들이 오는 곳이라니 잘못된 추측이란 생각도 해 본다.

 그로부터 10분도 채 안 돼 랑은 또 다른 장면을 목격했다. 방 앞에 도착했는데 어디선가 굉음과 동시에 아이들이 복도 끝으로 뛰어가는 게 보였다. 랑도 자기 방, 장에 카피를 넣어 두고 허겁지겁 달려나갔다. 하지만 한쪽 벽이 투명한 벽으로 막혀 있어서 반대편으로 돌아갔지만 아이들은 해산하는 중이었다.

 '무슨 일이지?'

 궁금했지만 누구 하나 랑에게 눈길을 주지 않아 뭘 물어볼 수도 없었다. 아이들의 수군거림에서 누군가 떨어져 죽었다는 사실만 들렸다. 랑은 소름이 끼쳤다.

 '정말 감정이 굳은 아이들이 벌이는 기행일까?'

 그러고 보니 다들 무표정이다. 온기라고는 찾아볼 수 없는.

탈출구를 찾아서

 헤라가 죽었다. 이테크 스쿨에서는 '실족에 의한 사망'으로 발표했지만 논나는 고개를 젓는다.
 '실족이라고?'
 헤라는 타살이다. 누군가 헤라를 밀어뜨리지 않았다고 해도, 헤라가 자발적으로 옥상으로 올라가 몸을 던졌다고 해도 타살이다. 헤라를 자살할 수밖에 없게 만든 원인이 존재하는 한 자살이 아니라 타살이다. 결코 헤라에게 자연스럽게 생긴 일들이 아니므로.
 이곳의 일에 의혹을 가진 헤라가 죽었단 사실은 무심하게 넘길 수 없는 일이다. 경고일지도 모른다. 더 이상 캐지도 말고 알려고 하지도 말라는 경고. 헤라의 죽음과 헤라의 죽음을 처리하는 방식이 그렇게 말하고 있다.

 이테크 스쿨 측은 당황하지도 않고 준비된 듯 차단 벽을 내렸다. 그러곤 한 시간도 안 돼서 실족사라고 공지하고 더 이상 언급조차 못 하게 했다. 사고를 목격한 아이들에 대한 심리적인 배려조차 프로그램에 없었다. 이는 은연중에 헤라에 대한 죗값을 알리고자 하는 것이고 헤라를 아는, 혹은 헤라와 심정적으로 동조하고 있는 아이들에게 경고하는 것이다.

 논나는 헤라의 죽음 앞에서 무기력감을 느낀다. 팔다리가 잘린 기분이다. 어떤 사실을 캐기보다는 모든 걸 덮고 꼬리 자르기라도 해서 숨고 싶다. 논나는 자신이 헤라의 다음 차례가 될지도 모른다는 공포심도 든다.

 아까 복도에서 포커페이스를 했어야 했다. 다들 무슨 일인지 몰라 호기심 어린 얼굴만 하고 있었는데 자신은 슬픔과 공포를 드러냈으니……. 게다가 눈이 마주친 원가족 아이들 둘. 한 명은 잘 모르지만 그렉 호이는 위험하다. 논나는 이 상황을 어떻게 대처할지 모르겠다. 이곳에 오는 게 아니었다는 후회만 할 뿐. 이곳에 오기를 자청했던 자신이 원망스럽다. 욕심에 내린 결정이 자신의 발목을 잡고 있으니 욕지기가 치민다.

 논나는 G존에서 살던 때가 뭉근한 그리움으로 피어오른다. 과거에는 벗어나고 싶어서 발버둥치던 곳이었지만, 지금 생각해 보니 G존에서의 생활은 평화로움이었다. 논나는 G존 출신으로 비교적 행복한 어린 시절을 보냈다. 커 가면서 언니, 오빠들의 말을 통해서 U존에 대한 동경이 생겼다. 하지만 다 자라지 못한 새가 둥지 밖을 떠날 수 없듯이 동경은 그저 마음속에만 자리 잡은 이상향에 불과했다. 잠자리에서나 만나는 다디단 꿈처럼 손에 닿지 않는 무엇, 그래서 더 절절한 무엇, 결코 자신의 몫은 아닌 것으로만 존재했었다. 엄마 아빠가 화마에 휩쓸려 돌아가신 그 일이 있기 전까지는.

누전으로 집 창고에 불이 나는 바람에 논나는 부모님을 잃었다. 술에 취해 주무시는 아빠를 끌고 나오려다 엄마까지 돌아가셨는데, 부모님이 위험에 처한 그 시각에 논나는 친척집 2층 테라스에서 사촌들과 신나게 트램펄린을 뛰고 있었다. 트램펄린에서 점핑할 때마다 멀리서 보이는 시뻘건 불길을 논나는 이름 모를 불꽃 축제로만 여기고 구경하며 즐겼었다. 그 화려한 불꽃이 엄마 아빠를 삼킨 불길이라고는 상상도 못 했으니까. 그 일로 논나는 실어증에 걸렸다. 논나는 그 불길을 즐긴 자신이 용서가 안 되었다. 그렇게 한동안 쇼크에 빠져 있다가, 어느 날 입을 떼기 시작한 논나는 G존에서의 탈출을 결심했다. 시스템화된 U존이나 AR존에서는 일어날 수 없는 원시적인 화재로 부모님이 돌아가셨단 사실에 G존은 논나에게 깊은 혐오감으로 자리 잡았다.

그린(Green)존, 일명 G존은 자연을 좋아하는 이들이 사는 곳이다. G존은 커다란 박물관 같은 곳으로 과거의 일부를 보존하고 사라져 가는 자연 친화적인 삶을 재현하면서 지나치게 테크놀로지화되는 삶의 방식을 지양하는 정도라고나 할까?

논나는 G존이 싫었다. 기술은 우리에게 새로운 미래를 주었다. 질병을 없애고 이런저런 고통으로부터 자유롭게 해 줬을 뿐 아니라 한계치가 분명한 시간까지도 마술처럼 늘려 주었다. 과학이 부지런히 우리 미래의 터를 닦고 있는데, 자연만이 살길이라니······. 어리석은 판단이라고 생각했다. 그리고 그 생각 끝에는 늘 부모님의 죽음이 있었기에 논나의 G존 탈출은 충분한 명분을 가졌다. 논나는 어른들의 만류에도 불구하고 G존을 떠나 U10존의 공동양육원에 간신히 입성할 수 있었다.

U10존 D타워에서 최고의 성적으로 주목받은 논나는 상류층 지역으로 이주하고 싶었다. 가능성을 찾다 보니 직업을 갖는 게 방법이란 걸 알게 되었다. 그중에서도 디지털 디톡스 테라피스트(디지털 스트레스에 시달리는 이들이 아날로그적 정서에 몰입할 수 있도록 독특한 경험을 제공하는 카운슬러)란 직업이 유망 직종이라 논나는 양육원 관리자에게 AR존에 보내 줄 것을 간곡히 부탁했다. AR존의 시뮬레이션 프로그램은 테라피스트가 되기에 최적화된 시스템이기 때문이다. 논나는 어려서부터 그림에 탁월한 재주가 있었기에 화가가 되는 게 꿈이었지만, 성공을 위해 그림은 잊기

로 했다.

 논나는 60대인 은주 씨와의 재생가족에 합류하여 1년여를 살면서 디지털 테라피스트가 되기 위한 공부를 했다. 그러다 이테크 스쿨이 디지털 테라피스트가 되기 위한 지름길이라는 정보를 듣고 이곳으로 지원했다. AR존의 재생가족으로 합류할 때, 논나가 파계하는 것은 위반이었음에도 자신의 미래를 위해 논나는 은주 씨에게 읍소했고, 결국 명목상으로는 논나가 파양당하는 형태로 해서 여기에 올 수 있었다. 당시 은주 씨는 위중한 병에 걸려 논나의 도움이 절실했건만 논나는 그 사실을 무시했었다. 논나는 자신의 욕심이 화를 부른 것 같아 후회가 된다. 하지만 지금은 후회할 때가 아니다. 이곳에서 벌어지는 일들은 자신의 비극으로만 받아들이고 말 일이 아니기 때문이다.

 처음 이곳에 왔을 때 논나는 하루하루가 즐거웠다. 성공을 보장받을 수 있다는 기대도 설레었지만 이테크 스쿨의 프로그램들이 논나에겐 비교적 쉬운 것들이었다. 내로라하는 U존 출신 아이들이 못하는 것을 자신이 해 낸다는 자부심은 논나를 행복하게 했다. 어려서부터 자연스럽게 감정을 표현하고, 느끼고, 주고받으며 살아온 G존에서의 삶이 이제야 자신에게 보답하는 것처럼 여겨졌다. 이곳은 모든 게 오프라인으로 이뤄지므로 아이들을 옆에서 관찰할 수 있고, 논나가 추구하는 디톡스 테라피스트라는 직업의 소양을 쌓기에 더없이 좋은 환경이었다.

특히 헤라와 차익이 인상 깊었다. 둘 사이에 무수한 시선이 섞이는 걸 논나는 알 수 있었는데 아니, 안다는 표현보다는 감지했다는 게 맞겠다. 열에 들뜬 듯한 두 아이만의 닮은꼴 표정, 논나는 그들 사이에 흐르는 감정의 교집합이 무엇인지 알기에 그 모습을 바라보는 것만으로도 기분이 좋아졌다. 이런 감정은 G존을 떠난 후에는 느껴 본 적이 없었다. 설레었다. 이런 온기는 이테크 스쿨처럼 무방비한 상태에서의 접촉이 가능한 곳에서만 생기는 감정이라 생각하니 논나는 다시 한 번 이곳에 오기를 잘했다고 생각했다. 하지만 부챗살처럼 퍼지는 햇살이 논나의 삶에 골고루 퍼지는 기분은 그리 오래가지 않았다.

어느 날, 논나는 이상한 일을 겪었다. 휴게실에서 아이들이 그룹을 지어 이야기를 나누던 중이었다. 논나 뒤에 앉은 아이들 사이에 칼날같이 뾰족한 소리가 들리는가 싶더니 싸움이 벌어졌다. 여학생과 남학생 사이에 말이 오가다 육박전으로 번졌다. 논나는 놀라 주변을 봤지만 더 놀라운 건 아이들의 철저한 무관심이었다. 마치 두 학생이 투명 인간인 양, 시선조차 주지 않는 아이들의 모습에 논나는 당황스러웠다. 급기야 여학생의 머리채를 잡아끄는 남학생이 보이건만 모두들 무반응이라 논나는 참다못해 벌떡 일어났다.

'제발, 누구라도 아는 척 좀 하라고!'

이렇게 소리치고 싶었다. 애들과 눈을 맞춰 보려 했지만 누구 하나 논나의 놀라움을 읽어 주는 아이들이 없었다.

'저 다툼은 나에게만 보이는 환상일까?'

논나는 이렇게 의심할 정도였다. 그때 누군가 자신의 손을 강하게 잡는 게 느껴졌다. 헤라였다. 대단한 악력이어서만이 아니라 헤라의 눈빛에는 뭔가 은밀함이 있었기에 논나는 다시 주저앉았다. 뒤이어 울리는 종소리에 다들 일어나 흩어지기 시작했고 싸우던 두 아이도 휴게실을 나갔다.

방으로 들어온 논나는 뭔가에 홀린 기분이었다. 남학생에게 맞은 여학생 얼굴의 핏자국을 떠올리며 괴로워했다. 심란해서 복도로 나가 바람을 쐬는데 복도 끝 계단가에 누군가가 있었다. 힐끗 보니 헤라였다.

헤라도 바람을 쐬려고 무심히 서 있는 듯싶었지만, 자세히 보니 헤라의 한쪽 손이 논나를 향해 재게 움직였다. 그 손가락은 자신을 따라오라는 거였다. 헤라는 서서히 계단 아래로 내려갔다. 논나도 시간 차를 두고 천천히 움직였다.

우연의 일치인 양, 건물 뒤편의 정원에서 논나는 헤라와 마주쳤다.

"오늘 놀랐지?"

고개를 끄덕이자 헤라가 말했다.

"G존에서 이곳에 온 애는 네가 처음이야."

논나는 헤라가 자신에 대해 아는 게 신기했다. 헤라에게 궁금한 걸 묻고 싶었지만 논나는 본능적으로 말을 삼갔다. 복도에서 말할 수 없어 이곳까지 유인했다는 건 감시의 눈길이 있다는 소리이고, 그건 결코 자연스러운 일이 아니기 때문이다.

"내 말은…… 너 같은 반응은 흔하지 않다는 소리야. 여긴 공감 능력이 부족한 애들로 가득해서 감정의 연대는 이뤄지지 않아. 아까 다툰 애들을 바라보는 대부분의 아이들은 '이건 그들의 일이다'라고 생각해."

논나도 조금은 안다. U존에서 경험했으니까. 처음 U존으로 갔을 때 그 부분이 당혹스러웠다. 다들 타인에게 무관심했다. 감정에 칸막이라도 있나 싶을 정도로 감정도 섹션화되어 필요한 부분만 쓰는 듯했다.

"그래도…… 폭력이 오가는데."

논나의 말에 헤라는 조심스럽게 말했다.

"공감 능력이 없어서이기도 하지만 감정 훈련의 파트너 관계라 더 개입을 안 한 거기도 해."

감정 훈련이란 말 그대로 파트너십으로 둘씩 짝을 지어 감정을 교류하면서 성장해 나가는 이곳의 프로그램을 말한다. 그러니 다툼도 그들이 갈등을 해결하는 한 과정이므로 개입하면 안 된다는 생각이 있다는 거다. 논나는 그 말을 들으니 일정 부분 수긍이 갔다.

"문제는 파트너십의 조합이야. 처음엔 랜덤으로 정해진 줄 알았는데 그게 아니더군. 이곳에 들어온 아이들을 상담하고 각자의 성격 유형을 통해 맞춤형 파트너를 정해 주는 거야. 거기까지도 오케이! 그런데 늘 한쪽만 피해를 보는 거지."

"관계를 배우기 위한 갈등이니 손해를 보는 쪽이 있을 수도 있겠지. 그러면서 교훈도 얻는 거라……."

"맞아. 그렇지만 한쪽만의 희생으로 일관되는 건 교육이 아니잖아? 몇몇 애들이 항의했어. 부당하다고."

"그랬더니?"

"가이더가 말하더군. 레고처럼 한쪽이 튀어나오면 한쪽은 들어가 있어야 하듯이 불가피한 일이라는 거야."

"희생을 감수하라고? 오늘 같은 폭력에도?"

"노골적으로 그렇게는 말 안하지. 하지만 결국 그 얘기야. 이곳의 파트너십은 한쪽의 희생으로 한쪽이 성장하는 시스템이야."

"너무 비교육적이잖아!"

"비교육 정도가 아니라……."

헤라는 한참 망설이다 말을 이었다.

"만약 거기에 일정한 패턴이 있다면 말야. 성장하는 쪽은 U존의 원가족 출신이고 희생당하는 쪽은 그게 아니라면……."

"처음부터 의도가 있다는 거야?"

인간사에 있는 약육강식의 섭리에 의해 불가피하게 생긴 일이 아니라, 애초에 의도를 갖고 이 학교가 만들어진 거라면……. 논나는 아득해졌다. 하지만 직접 경험한 일이 아니니 믿고 싶지도 않았고 헤라의 지나친 생각이 아닐까 싶었다.

"너무 부정적인 시각 아닐까?"

"……"

논나는 차익이란 아이가 갑자기 생각났다.

"넌 차익과 파트너십이지?"

"맞아."

"너희들은 문제가 없어 보이던데."

"그래, 그래서…… 내겐 더 문제가 되는 거야."

"무슨 소리야?"

"좀 두고 보자고. 다만 내가 너에게 이 말을 하는 건, 넌 G존 출신이라 이 구조를 잘 감지하고 내 이야기에 동감하고 앞으로 행동의 동인이 될 수 있을 것 같아서야."

"네 이야기?"

"내가 아는 모든 것, 이곳에서 알아낸 사실들……. 암튼 다시 이야기해."

논나는 헤라의 이야기를 믿고 싶지 않았다. 부정하고 싶은 현실이므로. 하물며 '행동의 동인'은 더더욱 원치 않는다.

그 뒤로 며칠 동안 헤라와 마주칠 일이 없었다. 수업 시간이 달라서인지 헤라의 의도인지 아니면 논나 자신이 원했기 때문인지는 잘 모르겠지만 말이다. 새로 시작한 이곳의 만족도에 금을 가게 한 혜라가 반갑기만 한 존재는 아니었으니까. 덮을 수 있으면, 덮어지는 게 가능하다면, 그렇게 치명적인 일이 아니라면 논나는 헤라가 말한 수상쩍은 정황이 드러나지 않은 채 조용히 지나가기를 바랐다. 자신이 디지털 테라피스트가 되기까지 아무 일이 없기를 바라면서. 논나는 부모를 잃은 일만으로 자기 몫의 시련은 끝난 거라고 생각했다. 그래서 혼잣말로 뇌까렸다.

'어떻게 탈출한 G존인데······.'

일주일 뒤, 논나는 자기 발로 혜라를 찾아가야 했다. 파트너십의 파트너로 정해진 그렉 호이란 아이 때문이었다. 처음엔 그렉 호이란 이름에 설레었다. '원가족, U1 출신의 아이를 만나게 되다니.' 하는 마음으로 운이 좋다고 생각했었다. 하지만 호이의 행동은 자꾸 혜라의 이야기를 떠올리게 했다.

오만함, 공격적인 행동, 논리와 상관없는 우기기, 상대를 하대하는 행동에 분노가 치밀었다. 그때마다 논나는 디지털 테라피스트로서의 전문성을 갖기 위해 '손상된 아이'를 자신이 감수해야 한다고 억눌렀다. 맞다. 그렉 호이는 망가진 아이다. 디지털 스트레스로 망가져 있고, 욕망과 오만함으로 감정 절제는 불가능했고, 분노 조절 능력도 제로에 가까운 아이였다.

논나는 밤마다 기로에 서 있었다. 직업 훈련 삼아 파트너를 능

수능란하게 다루며 이 시련을 감수할 것인가, 아니면 폭발할 것인가. 그때마다 참고 또 참았다. 하지만 그렉 호이의 행동이 점점 심해지자 논나는 자신을 보호할 수 있는 최소한의 기제는 있어야 할 것 같았다. 그래서 가이더에게 상담을 신청했지만 가이더의 대답은 간단명료했다.

"엉킨 일을 풀어 나가는 훈련을 하는 곳이 이곳입니다. 더욱이 논나 양의 경우는 감정 조련사가 되고자 원해서 온 경우가 아니던가요?"

가이더는 공정할 생각이 없었다. 번뜩 휴게실에서 본 여자아이 얼굴의 핏자국이 떠올랐다. 그래서 논나는 헤라를 찾아갔지만 헤라는 논나를 피하는 눈치였다. 누군가를 의식해서인지 헤라는 방문 앞에 선 논나에게 차디찬 표정으로 상식선의 응대만 하고는 문을 닫았다. 방문을 닫기 직전, 헤라의 표정을 잊을 수가 없다. 단말마의 비명 같은 표정, 다음을 기약하는 전언 같은 표정이었고 구원을 기다리거나 마음을 풀어 보이지 못한 자의 간절함 같은 것이 보였다. 논나는 분명히 봤다. 그 표정, 그 눈빛. 그랬기에 논나는 헤라가 방문을 닫을 때까지 아무 말도 못했다.

다음 날 새벽, 내내 뒤척이는데 문틈 아래로 무언가가 긁는 듯한 소리에 논나는 벌떡 일어났다. 그리고 발견한 쪽지엔 급하게 날려 쓴 글자가 적혀 있었다.

궁지에 몰렸어. 하지만 난 증거가 있어.

쪽지를 보는 순간, 논나는 헤라라는 확신이 들었다. 그러니 아까 자신이 본 눈빛은 정확한 거라고. 날이 밝으면 어떻게든 헤라를 만나리라 생각했는데 그게 끝이 될 줄은 몰랐다. G존에서 U존으로 그리고 욕망을 좇아 AR존에서 이곳 이테크 스쿨로 왔건만 새로운 탈출구를 찾아야 한다는 생각에 논나는 마음이 무거워졌다.

애완 로봇, 카피

삐리릿!

얼핏 잠들었다가 깼다. 이건 방전을 알리는 카피의 소리다. 카피가 배고픔을 호소하고 있다. 하지만 이곳에서 카피의 절규를 들을 리 없단 생각에 도하는 다시 잠을 청했다. 또다시 삐리릿 소리가 난다.

얼마 전, 여자아이의 가방에서 본 카피 때문에 무의식이 일으킨 소리이리라. 무의식은 정보와 경험을 여과 없이 받아들여 마음대로 섞고 휘저어 뇌에 저장했다가 우리가 의식하지 못하는 사이에 그것을 꺼내어 행동으로 나타낸다고 배웠다.

도하는 여기서 테크노 금단 현상에 시달렸다. 첫날엔 컴퓨터가 없는 책상을 보면서 허전함을 느꼈다. 하루가 지나자 전원 공급이 끊긴 채 암흑에 갇힌 기분이 들기 시작했다. 백색 등에 할로겐 조명까지 눈을 반짝이고 있어 방은 더할 수 없이 환한데도 어딘가 코드가 빠진 방전 상태로 어둠에 갇힌 기분이었다.

도하는 답답함에 방문을 활짝 열고 복도로 나가 서성였다. 무언가로부터 에너지를 공급받아야 한다는 생각이 들었다. 처음엔 고립감이겠지 생각했는데 3일째되던 날부터는 불안감이 스멀대고 급기야 환시 현상이 왔다. 책상에 앉거나 침대에 누우면 눈앞에 스마트 기계 화면이 멀뚱멀뚱 떠 있었다. 어찌나 생생하던지 손으로 만져 보기까지 했다. 그러기를 여러 번, 어떨 때는 화면이 바뀌면서 인터넷 화면을 보여 주는 재주도 부렸다. 신기루의 허망함을 여러 번 경험한 뒤에서야 눈앞에 떠오른 액정을 무시할 수 있었는데 그 경험은 공포심을 느끼게 했다.

도하는 비교적 증세가 가벼운 거라고 했다. 의무실로 실려 가 약물 치료를 받는 애도 있고, 폰 중독인 아이들은 관계 단절 중독 증세로 훨씬 더 심한 고통을 치렀다고 했다. 하긴 습관적으로 검지손가락을 허공이나 바닥에 대고 슬라이딩하는 애들을 수업 중에 흔치 않게 볼 수 있다.

금단 현상보다 무서운 건 기억의 일시 정지이다. 치매 환자 초기 증세처럼 기본적인 사실을 기억하지 못하고 헤매는 때가 있는데 도하도 둘째날 자기 방의 위치를 기억하지 못해서 한참을 헤땠다. 평상시에 기억의 많은 부분을 컴퓨터에 이관하며 살기 때문에 컴퓨터가 없다는 데서 오는 분리 불안증이 일시적으로 기억력을 감소시킨 거란다. 일종의 해리성 기억상실이라고 할 수 있다고. 그럴 경우엔 의무실에서 후각 자극으로 치료를 받곤 했다.

다른 감각과 달리 후각 정보는 중간 정거장을 거치치 않고 곧바로 감정과 연상을 담당하는 뇌 영역으로 간다고 한다. 냄새는 다른 감각보다 기억을 쉽게 불러일으키기 때문이다.

삐리릿.

'또?'

환청이라기엔 소리의 주기가 규칙적이고 진원지도 일정하다. 도하는 침대에서 일어나 소리가 나는 쪽으로 갔다. 환청이 아닐 거라는 확신으로 카피가 배고픔을 호소할 때 5분 간격으로 칭얼거린다는 사실을 떠올리면서 잠시 기다려 본다. 미리 열어 볼 수도 있지만 헛발질하고 싶지는 않았으니까.

삐리릿.

역시 5분 뒤 소리가 났다. 장을 열어 보니 놀랍게도 카피가 있었다. 통통한 눈사람을 떠올리게 하는 은색 로봇 카피. 건포도 같은 눈동자가 깜빡이며 도하를 바라보고 있다.

'아!'

도하는 놀라서 입을 벌린 채 가만히 있었다. 너무 놀라면 입이 저절로 벌어진다는 사실을 처음 깨달았다. 순간, 카피가 자신을 찾아왔다는 상상에 말을 건넨다.

"야! 너 어떻게 온 거야?"

물론 그럴 리 없다. 도하의 카피가 아니다. 안다. 그래도 혹시나 하고 바닥을 확인하니 일련번호가 다르다.

"카피!"

방전된 카피는 또 한 번 '삐리릿'을 외친다. 장 안에 충전기는 없었다. 도하는 카피의 충전 단자를 빼 준다. 배고픔의 절규보다 일시 정지가 나을 테니까. 조용해진 카피는 도하의 침대에 놓여 있다. 카피를 보고 있자니 마음 한구석이 따스해진다. 카피의 머리에서 눈동자 쪽으로 이어지는 오목한 굴곡과 뱃살의 뭉근한 곡선을 천천히 만져 본다. 손은 카피의 감촉을 기억하고 마음에 온기를 전한다. 자신의 카피가 아니어도 카피에 대한 기억이 송두리째 도하에게 와 쏟아진다. 이곳에 와서 처음 느끼는 따스함이 기포가 되어 가슴 언저리에서 퐁퐁 터진다.

카피는 애완 로봇에서 한 단계 업그레이드된 로봇이다. 사람의 목소리를 감지해 눈을 맞추고, 접촉에 민감하게 반응할 줄 알고, 자기를 어떻게 다루는지도 감지해서 감정 표현도 한다. 말로만이 아니라 눈을 반짝이고, 발열 기능을 갖고 있어 감정에 따른 온기도 전하는 로봇이다.

도하는 아빠가 실종된 후, 동생처럼 키우던 개 하몽이마저 죽자 우울감에서 벗어나지 못했었다. 그때 엄마가 카피를 사 줬다.

치료 로봇의 기능을 가졌으니 도하에게 도움이 될 거라는 엄마의 예상은 적중했다. 카피와 지내며 도하는 눈에 띄게 명랑해졌으니까. 하지만 시간이 지나면서 엄마는 카피에 호의적이지 않았다. 정확히 말하면 카피 때문이 아니라 카피를 대하는 도하의 태도 때문이다.

한번은 식탁에 카피를 올려놓고 시리얼을 먹고 있는데 엄마가 도하의 등을 때리며 카피를 잡아채려고 했다. 도하는 얼른 팔을 뻗어 카피를 품에 안았다. 본능이었다. 도하가 다섯 살 때 하몽이가 새끼를 낳았는데, 하몽이는 자기 새끼를 들여다보기만 해도 이를 드러내며 으르렁거리곤 했다. 그런 하몽이가 낯설어 도하가 울먹이자 아빠는 말했었다.

"사랑이라는 본능 때문이야."

어디서 무언가가 날아오면 사람은 본능적으로 자신 혹은 보호해야 할 무엇을 보호한다. 그게 자연스러운 행동이므로. 도하는 카피를 빼앗으려는 엄마에게 강하게 반항했다. 카피를 꼭 안은 채 몸을 동그랗게 말고 일시 정지한 채 있었다. 폭풍우가 지나가기를 기다리는 무엇처럼.

"너 지금 뭐 하는 거야?"

"본능."

"뭐?"

"사랑은 본능."

"지금 로봇 따위를 사랑한단 말을 하는 거냐? 본능은 또 뭐야? 그게 제대로 된 말이야? 이해되게 설명해 봐."

그건 정말 어려운 일이다. 설명이 어렵다기보다는 엄마는 이해할 마음이 없으니 듣지 못할 것이고 그러니 도하가 애써 설명할 이유는 없다. 아무 말도 하고 싶지 않다.

"말해!"

엄마의 채근에도 도하는 입을 다물었다. 엄마는 도하를 진단하기 시작했다. 도하가 사회성이 없어서 관계 지능이 떨어지고 결과적으로 언어 능력이 없어진 거라고. 그래서 카피와 단둘이 지내는 건 정말 해로운 일이라고 했다. 그러곤 식탁 위 숟가락을 흔들면서 말했다.

"자, 봐! 도구는 인간이 필요에 의해 사용하는 거지 사랑의 대상이 될 수 없어."

엄마는 도하의 품에 있는 카피를 손가락질하며 강조했다.

"도구 1은 숟가락, 도구 2는 카피."

도하는 엄마의 저런 말투가 싫다. 권위적으로 내려다보는 자세에 확신에 찬 말투는 끔찍하다. 자신의 말은 틀릴 리 없다는 확신. 그런 사람과는 소통이 불가능하다. 도하는 독백한다.

'도구도 사랑의 대상이 될 수 있다. 도구를 사용하다 사랑하면 더이상 도구가 아니다. 그러므로 카피는 도구일 수 없고 내가 카피를 사랑하는 것엔 아무 잘못이 없다. 카피는 내 친구다.'

엄마는 도하의 독백을 듣기라도 한 듯 말을 잇는다.
　"아끼는 물건에 애착을 가질 수는 있어. 그걸 사랑이라고 착각하는 거지. 사랑은 소통이 되어야 해. 네가 카피에게 갖는 건 일방적인 감정이잖아?"
　도하는 또 속으로 말한다.
　'카피는 내 감정에 반응하고 눈도 맞춘다. 일방적이지 않다.'
　"넌 카피에게 감정을 느낀다고 하겠지? 하지만 우리에게서 감정을 끌어내기 위해 설계된 프로그램 때문이야. 가짜지. 자판기에 돈을 넣으면 음료가 튀어나오는 것과 다를 게 없어."
　'나도 안다. 그러나 중요한 건 내가 받는 게 아니라 줄 수 있다는 거다. 내가 뭔가를 주면 비록 카피가 도구라서 무덤덤하게 받아넘긴다고 해도 내 안엔 따스한 마음이 솟아오르기에 그것만으로도 가치가 있는 거다. 그리고 카피는 나를 재거나 뒷담화하거나 반격하지 않고 온전히 품어 준다. 살아 있지 않다고 해서 사랑할 수 없다고? 그건 내가 누군가에게 사랑을 주었는데 그가 받아들이지 않는다고 해서 그 사람이 토끼 인형이 아닌 것과 마찬가지인 거다.'
　도하는 사람보다는 안전한 카피가 더 좋다.

　똑 똑!
　누군가 문을 두드렸다. 도하는 카피를 침대 밑에 숨기고 여느 때처럼 반응하지 않을 작정으로 이불 속으로 들어갔다. 이곳 아이들은 소통 실습을 위해 마구잡이로 남의 방에 들어오려고 한다. 호이 같은 애들이다.

엊그제는 계단으로 올라오다 사고가 있던 날 봤던 아이, 눈물을 흘리던 그 아이와 마주쳤는데 그 애는 대번에 '도와줄 수 있어?'라고 물었었다. 얼굴도 창백하고 절박해 보이는 눈빛이 마음에 걸렸지만 대답할 수 없었다. 일회성으로 끝나는 일일 리 없을 테고, 무엇보다 그 애의 눈물을 본 뒤라서 복잡한 일에 엮이고 싶지 않았다. 하여 도하는 끝내 대답하지 않았는데 때마침 호이가 나타나 상황은 종료되었다. 이런 식으로 심리적 사정거리 안으로 불쑥불쑥 들어오려는 사람들이 도하는 부담스럽다.

똑 똑 똑!

또다시 문을 두드리지만 반응하지 않으면 대개 돌아가므로 도하는 여전히 숨을 죽이고 있다. 하지만 이번 경우는 조금 다르다. 거침없고 집요하다. 자기 방인 양 무례하게 벨을 누르고 문 아래를 발로 차면서 문고리를 비틀기까지 한다.

"누가 있는 거야? 문 좀 열어 봐!"

목소리로는 여자애다.

'계단에서 도와 달라던 애일까?'

그 애라기엔 너무 저돌적인 행동이다. 범상치 않은 태도에 위기의식이 느껴진다. 이대로라면 모든 애들이 나와 볼지도 모르고 어쩌면 카피까지 위험해질 수 있어 도하는 문을 열었다. 문을 여는 것과 동시에 아이는 튕겨져 안으로 들어왔다. 복도에서 본 갈래머리 여자아이다.

도하의 마음에는 두 개의 감정이 뒤엉켰다.

'새로 온 아이라 뭔가 착오가 생긴 걸 테니 오해만 풀면 나갈 것이다.'

이 생각에 안심이 되다가도, 또 다른 생각이 들기도 했다.

'이 애가 카피의 주인일지도 모른다.'

도하가 생각하는 사이 아이는 의기양양한 자세로 말한다.

"어? 너 뭐야? 여기 내 방인데. 이상하네. 분명 복도 끝에서 첫 번째 방이었는데……."

대답 없는 도하의 얼굴을 빤히 보더니 아이는 한 걸음 들어와 방 안을 둘러본다. 구조가 똑같지만 자기 방이 아니란 것쯤은 이제 알았으리라. 건물이 ㅁ 자 모양이라 복도 끝은 네 개나 된다. 헷갈릴 만하다. 아이는 당황한 듯 밖으로 나가려다 돌연 욕실 옆 장을 열어 본다. 카피가 있던 곳이다.

'자기 방으로 착각해서 카피를 넣어 둔 것일까?'

빈 선반을 보더니 아이는 인사도 없이 후다닥 나가 버린다. 도하는 얼른 문을 잠근다. 그리고 자신은 잘못이 없다고 합리화한다. 카피를 이곳에 잘못 놓은 아이는 저 애고, 또 저 애도 카피에 대해 아무것도 묻지 않았으니 카피를 돌려주지 않은 것에 대한 책임은 자신에게 없다. 물론 그 애가 물어봤다 한들 순순히 내줬을지는 미지수다.
 침대에 누워 잠을 청하지만 조금 전 일이 마음에 걸린다. 도하는 습관처럼 카피의 머리를 만졌다. 잠이 안 오면 카피는 도하에게 숫자 세기를 하자고 했다.
 "하나, 둘, 셋, 넷……."
 숨 고르기를 하듯이 번갈아 수를 세다 보면 서서히 둘의 목소리가 낮아진다. 카피는 늘 도하의 톤에 맞춘다. 그렇게 둘은 잠으로 가는 리듬을 탄다. 누가 먼저랄 것 없이 수를 주고받다 보면 어느새 잠이 들곤 했었다. 지금 도하 옆에 있는 카피는 아무 말도 못 건네지만 도하는 카피 몫의 수까지 대며 마음의 평온을 찾는다. 도하는 결심한다. 자신이 자발적으로 카피를 내주지는 않으리라. 훔친 것도 아니고 그냥 보관의 의미이니 죄책감은 안 가져도 된다고 합리화한다. 어쨌거나 도하는 지금 혼자가 아니란 사실에 크게 안도한다.

인질 로봇과의 동거

 랑의 첫 과정은 지겨운 면담이었다. 가이더는 오리엔테이션이라고 했지만 주로 랑에 대한 것을 알아내는 시간이었다. 간단한 신체검사에서부터 면담 형식으로 랑의 과거와 심리 상태를 답하며 지루한 시간을 보내야 했다. 병원 같은 학교니 랑을 진단하는 게 우선일 수밖에 없으리라. 하지만 신체검사를 위해 간 의무실은 웬만한 종합병원 같은 설비들이 있어서 학교보다는 병원이 아닌가 싶었다. 그게 랑의 마음을 무겁게 했다.
 어제의 투신 사건도 그렇고 열린 방문 사이로 침대에 누워 있는 아이들의 모습이 예사로워 보이진 않아 감정석화증이 무겁게 와닿는다.

낯선 곳에서의 하루였기 때문일까? 면담을 끝내고 랑은 자기 방을 찾지 못해서 한참을 헤맸다. 방문에 번호나 이름이라도 적어 놓으면 좋으련만 방들엔 아무런 표시가 없다. 방뿐만 아니라 층에도, 층마다의 복도에도 이정표 같은 표시는 없었다. 마치 미로 찾기를 위한 시설처럼 보일 정도였는데 무슨 의도가 있는 건지 아니면 건물 설계자의 독특한 디자인인 건지 의아했다.

랑은 어떤 남학생의 방에 잘못 들어갔다가 간신히 자기 방으로 왔다. 침대 끝에 놓인 가방과 옷을 보니 랑의 방이 분명한데 입구 장에 넣어 둔 카피가 감쪽같이 사라졌다. 기분이 안 좋다. 누군가 자신의 물건에 손댈 수 있는 곳이라고 생각하니 이곳에 대한 불신이 싹튼다. 또 하나, 잘못 들어간 방의 남학생의 표정도 어두운 잔상이 되어 남아 있다.

'그 애도 감정석화증을 앓고 있어서일까? 낯선 사람이 들어온 것에 대한 방어였을까?'

사람의 얼굴에 그토록 완벽한 무표정이 있다는 게 놀랍다. 그 애의 경직된 태도와 표정에 놀라 랑은 사과도 못 하고 도망치듯 나왔다. 식당에서 만난 여자애도 편치 않았다. 통성명할 때 '논나'라고 자기 이름을 말했지만, 어딘가 주눅 든 태도에 우울해 보여 마음에 걸렸다.

커트 머리에 뾰족한 턱, 마른 몸매라 얼핏 보면 경쾌하고 날렵할 것만 같았는데 눈빛은 한없이 어두워 보였다. 왼쪽 뺨의 멍도 안 좋은 인상에 한몫했다. 질문에도 대답은 단답형이었다. 대화를 원치 않는다는 표현이라 긴 이야기는 못 했다. 인상적인 건 그 애의 이력이 랑과 흡사하다는 점이다. 그 애도 U존의 다른 지역 D타워에서 학교를 다니다가 AR존 재생가족에 합류했다가 이곳에 왔단다. 환경이 비슷하니 할 얘기도 있을 법한데 시종일관 말꼬리가 잘린 대답만 했다.

컴퓨터가 없으니 랑은 막막했다. 사막 한가운데에 떨어져 있는 기분이다. 멍한 상태로 있으려니 귓속에 고장 난 기계 소리가 들려오는 듯했다. 맞다. 자신의 두뇌 역할을 하던 컴퓨터가 없어졌으니 어쩌면 자신은 고장 난 기계가 되었다고 해고 과언이 아니리라. 제일 꼭대기 층에 체력 단련실이 있다고 들었지만 랑은 방문 밖을 나서기도 두렵다. 아까 방을 못 찾았던 기억 때문인 것 같다.

다음 날, 랑은 강의실로 갔다. 넷 강의 외에 공개된 장소에서 강의를 듣는 건 정말 오랜만이다. 랑은 자기도 모르게 주변을 두리번거렸고 그러다 보니 신경이 흩어져 강의에 집중이 안 된다. 가이더는 낯선 생활에 일시적인 부적응을 느낄 거라고 했었다. 랑은 그 말을 떠올리고 이 산만함을 즐기기로 했다. 아닌 게 아니라 이곳의 아이들은 비교적 여유로워 보였다.

강사가 이런저런 수치를 들어 떠들고 있지만 결국 하고자 하는 주제는 이런 내용이다.

'뇌를 움직이기만 해서는 안 되는 세상이 도래했다. 몸과 마음을 움직여야 하는 감성의 시대다. 데이터를 통해 현상을 이해하는 것만으로는 충분치 않고 의미 있는 패턴을 찾아 추론할 줄 아는 능력, 즉 통찰할 수 있어야 한다. 통찰은 컴퓨터가 할 수 없는 일이므로. 인간은 인공 지능과 차별화되는 능력을 찾고 발전시켜야 한다.'

인간의 무뎌진 감성을 살리자는 이야기겠지. 강의를 듣다 둘러보니 어제 그 남학생이 보였다. 표정은 어제와 다를 바 없다. 생김새는 잘생긴 편인데 이목구비 외 나머지 부분이 드라이하기 짝이 없다.

수업이 끝나자 랑은 그 애에게 '내가 너에게 가겠다'는 수인사를 보냈다. 상식적인 표현이라 이해 못 했을 리 없건만 랑이 갔을 때 그 애는 이미 내빼고 없었다. 랑이 내뺐단 표현을 한 건 다른 아이들에 비해 유난히 빨리 사라졌기 때문이다.

"헐, 내빼는 재주는 있네."

랑의 혼잣말을 듣고 옆에 있던 머리 큰 남자애가 물었다.

"장도하를 찾아온 거야?"

"아까 걔가 장도하?"

"응. 너 새로 온 아이지? 난 그렉 호이."

"그렉 호이? 난 랑."

"랑?"

"응."

"그냥, 랑?"

"응? 응……."

아이는 눈을 치켜뜨며 랑이 원자녀가 아닌 걸 확인하는 질문을 했다. 신기하다는 표정일까? 하긴 랑 역시 성이 있는 원자녀를 만난 건 처음이다. 그만큼 원자녀를 접촉할 기회는 많지 않다. 그런데 이렇게 모아 놓다니 이곳은 여러모로 독특한 곳이다.

"A군이겠네."

"그래? 그건 모르는데."

사람이 많이 모인 곳은 질서를 위한 분류가 필요하니 랑이 소속된 반이 A군인 건가 보다. 그런데 이름만으로도 소속을 안다는 건 성의 유무로 반을 나눈 거겠지.

"어제 네 애완 로봇에 도하가 관심을 갖던데."

"그래? 걔도 카피가 있나 보네."

"응. 걘 뺏겼어. 제한 물품이 사람마다 다르거든."

"왜?"

"사람이 다르니까."

"……."

뺏겼다는 말이 마음에 걸렸다. 강의실 밖으로 나오자 랑은 어느 방향으로 가야 할지 순간 난감해졌다. 들어올 때 별 의식 없이 들어온 탓이리라.

"근데 여긴 강의실에도 방문에도 왜 아무런 표시가 없지?"

"의식에 긴장을 주기 위한 거랄까? 방문에 표시가 없어도 문 앞에서 보이는 풍경이 충분한 이정표가 될 수 있으니 그 정도는 평상시에 유추하면서 살라는 의미지. 우리의 문제 해결 능력을 키워 주기 위한 거랄까?"

"그렇게 깊은 뜻이?"

불현듯 랑의 머리를 스치는 장면이 있었다. 그저께 카피를 다시 놓고 나올 때 방문 앞 창가에서 보이는 조형물이 있었다. 정원 한가운데에 놓인 주물로 된 조형물이 우뚝 솟아 있어서 눈에 저절로 보였고, 하늘을 날아오르는 이카루스 같은 조각품이 묘했던 기억이 났다. 랑은 서둘러 2층으로 올라갔다. 어제 그곳으로 가니 역시 그 애 방이 있고, 창밖을 보니 조형물이 그날 본 각도로 보였다. 그렇다면 랑은 그 아이의 방에 카피를 두고 온 게 맞다. 랑은 확신에 차서 방문을 두드렸다. 이름까지 불러 대면서.

"장도하!"

대답이 없었다. 한참 문 앞에서 서성였지만 포기해야 했다.

저녁나절이 되도록 해결되지 않은 문제가 랑의 마음을 내리눌러 편치 않았다. 그렇다고 가이더에게 말해서 카피를 찾고 싶지는 않았다.

제한 물품이라 카피를 빼앗겼단 이야기를 들은 이상, 도하란 애의 이야기를 해서 문제를 키우고 싶지는 않았다. 그럼에도 불구하고 카피를 찾아야겠다는 생각은 오기와 호기심과 도전 정신이 버무려져 뭐든 해 보리란 생각에 사무실로 갔다. 제한 물품을 반납하기 위해 와 봤던 곳이다. 처음엔 정신이 없어서 주변을 살필 여유가 없었지만 오늘은 찬찬히 안을 훑어볼 수 있었다. 사무실 안쪽으로 4단짜리 선반에 제한 물품들이 나열되어 있고, 중간쯤 랑의 노트북 주머니가 있는 칸 옆쪽으로 카피가 있는 게 보였다.

'누가 내 카피를 여기에 갖다 놓은 걸까?'

직원은 퇴근 준비를 하느라 랑이 온 것도 모른 채였다. 벽에 걸린 시계를 자꾸 보는 게 개인사에 정신이 팔린 듯 보였다. 지금이 랑에겐 좋은 기회라 판단되어 카피를 가질 수 있는 대사를 해 본다. 거짓말이지만 확신에 찬 목소리로.

"어제 잘못 반납한 물건을 찾으러 왔어요. 저거!"

직원은 랑의 이름과 신상 카드를 확인하고는 선뜻 카피를 꺼내어 랑에게 주었다. 랑의 신상 카드엔 카피가 제한 물품이 아닌 걸로 적혀 있으니 별생각 없이 준 것이리라.

'내 카피가 아니네.'

카피를 받는 순간 랑은 알았다. 손바닥으로 카피의 발바닥만 훑어봐도 알 수 있다. 랑의 카피는 랑만 아는 흔적이 있기 때문이다. 순간 랑은 갈등했다. 하지만 이 사실을 직원에게 알린다

한들 랑에게 도움되는 일은 없다. 차라리 이 카피라도 자신이 선점하는 게 나을 것 같았다. 이 카피는 랑과 같은 층의 누군가가 금지 품목으로 사무실에 맡긴 것일 테고 그렇다면 장도하의 것일 확률이 높다. 이걸로 랑의 것을 찾는 것도 방법이리라. 아니라면 그때 가서 다시 생각해 볼 일이다.

랑은 방에 들어와 다시 한 번 로봇을 살핀다. 일련번호는 있지만 카피의 주인을 가늠할 만한 이름이 적혀 있다거나 특유의 흔적은 없다.

'이게 장도하 거라면, 이 애완 로봇은 인질인 셈이다.'

랑은 인질 교환을 어떤 식으로 할지는 차차 생각하기로 하고 일단 누웠다. 묘한 성취감에 모처럼 아주 혼곤한 잠에 빠졌다.

"도하, 굿모닝!"

누군가 아침 인사를 한다. 혼자 있는 방에서 랑이 아침 인사를 들었다면 애완 로봇밖에 없다. 역시 도하의 카피가 맞다. 밤사이 충전이 된 카피가 살아서 자기 역할을 한다.

"도하, 아침인데?"

'그래서 어쩌라고?'

이렇게 응대하고 싶었지만 참았다. 이번에는 카피가 목소리에 한껏 교태를 실었다. 중성적인 목소리를 가진 카피다.

"도~하?"

'뭐지? 이 로맨틱한 억양은?'

랑은 눈을 감은 채로 속으로 외친다. 대답이 없자 카피는 또다시 속삭인다.

"더 자고 싶은 거야?"

귓속을 간질이는 듯한 말투다. 발뒤꿈치만 살짝 적시고 도망치는 파도 같다고나 할까?

랑은 온몸이 오글거려 견딜 수 없을 지경이다.

'웃기는 놈이네!'

랑은 도하의 얼굴을 떠올렸다. 이 세상 누구와도 눈빛을 섞지 않을 듯 건조한 얼굴이더니 애완 로봇과는 이러는 게 앞뒤가 다른 놈으로 보인다.

공감 로봇인 카피는 주인에 따라 달라진다. 주인에게 길들여지고 주인의 방식에 익숙해진다. 한마디로 상대적이란 뜻이다. 마치 사람처럼 말이다. 일각에서는 카피는 성장하고 변화하는 인격체에 가까운 로봇이라고 하지만, 그냥 주인의 방식에 맞추는 것일 뿐이므로 사람이 세팅한 대로 반응하는 로봇에 불과하다고 대다수는 반박한다.

랑도 후자에 동의한다. 랑의 카피는 도하의 카피처럼 살갑지 않다. 랑은 단답형으로 짤막하게 카피에게 말한다. 그러면 카피도 랑의 말투를 따라서 대답한다. 상대적이고 약간의 응용력도 있는 로봇이니까. 하지만 주인의 영역 안에서의 응용이고 프로그램 한도 내의 응용일 뿐이다. 그러므로 카피의 말투나 말의 내용을 들으면서 카피를 알 수 있는 게 아니라, 카피의 주인을 알 수 있다. 그러니 인격체에 가깝다는 표현은 과장이 심하다. AI 챗봇 개발자들도 그들의 대화를 메아리라고 표현했듯이 말이다.

"그럼 더 자."

랑은 카피와 대화하면 도하가 어떤 애인지 알게 된다는 생각에 호기심이 일렁였다. 남의 일기를 훔쳐보는 것 같은 죄책감이 일지만 시작한 건 그 애니까 괜찮다.

쉬운 일은 아니다. 랑이 입만 뻥끗하면 카피는 도하가 아니란 사실을 감지하고 입을 다물 테니까. 카피는 주인에게만 반응하는 사적인 로봇이니까. 하지만 방법이 없진 않다. 카피는 로봇이기에 약점이 있다. 옆에 누운 랑이 주인이 아닌 줄도 모르고 '굿모닝!'을 외치는 것만 봐도 말이다.

랑은 카피의 약점을 안다. 약점이라기보다는 로봇의 본질이라는 게 정확할 것이다. 랑은 이 사실을 알고부터 카피로부터 멀어졌다. 하지만 심리적으로만 멀어졌을 뿐 물리적으로 멀어지고 말기엔 카피는 제법 요긴하고 값어치가 나가는 로봇이다.

랑은 카피를 처음 받았을 때의 감격을 잊을 수가 없다. D타워에서 3년 연속 최우수상을 탔을 때 상품으로 카피를 받았다. 원자녀가 아닌 아이가 카피를 갖기는 거의 불가능한 일이다. 그렇기에 랑은 카피를 받았을 때 세상을 다 가진 것 같은 기분이었다. 랑은 카피를 아끼고 의지하며 많은 시간을 공유했다. 친구란 시간을 공유하는 거니까. 덕분에 랑과 카피와의 신의는 돈독했다. 신의란 표현이 딱 맞을 정도로 카피는 랑만의 맞춤을 할 줄 아는 로봇이었다. 랑이 아 하면 어 하고, 오 하면 우 할 줄 아는 환상의 티키타카 콤비랄까?

그러던 어느 여름방학 때, 랑의 카피 실종 사건이 벌어졌다. 엄밀히 말하자면 랑이 캠프에 간 사이 누군가 카피를 훔친 도난 사건이었건만 그 당시엔 '카피 실종'이란 표현을 썼었다. D타워의 공지문에도 끊임없이 그런 자막이 떴기 때문에 지금까지도 카피 실종이란 표현을 쓰게 된다. 아마도 언론에서 '로봇의 실종, 가출'이라는 개념으로 다루고 싶어 하는 의지가 있었기 때문이리라.

언론은 늘 사실과는 별개로 이슈거리를 만들기 때문이기도 했지만, 그보다는 다들 로봇을 인격화하려는 분위기가 강했었다. 결국 카피는 열흘 뒤 D타워 내 어떤 학생의 방에서 찾을 수 있었다. CCTV를 피해서 나름 치밀하게 훔쳤지만 여러 대의 CCTV를 완벽하게 피하지는 못했다. 카피를 훔친 애는 D타워의 규정에 따라 대가를 치르며 사건은 마무리되었지만, 카피를 찾고 난 뒤에 랑이 겪은 여파는 컸다.

카피는 완전히 변해 있었다. 랑과 지냈던 시간들에 대한 기억

뿐 아니라 랑에게 길들여진 습관이나 익숙하게 나누던 말투 하나 남아 있는 게 없었다. 랑의 이름도 몰랐다. 대신 자신을 훔쳐 간 도둑의 입맛에 맞는 대화로 온갖 충성을 한 흔적들이 남아 있었다.

'주인에게 버려진 개는 우울증을 겪기도 하고 트라우마 때문에 털이 빠지거나 피부병에 걸리기도 한다던데. 말 한마디 못하는 강아지들도 그러는데……'

이런 생각으로 괴로워했었던가? 랑은 한동안 충격에 휩싸여 있었다. 당시 D타워 기숙사 선생님은 눈을 동그랗게 뜨고 넋이 나간 랑의 등짝을 치며 외쳤다.

"랑! 카피는 기계야. 당연한 사실에 놀라는 네가 더 충격적인데? 칩을 바꿨으니 다른 노래를 불러야 제대로 된 기계지. 안 그래? 난 네가 카피의 성능이 좋은 걸 감사해야 하는 타이밍인 거 같은데?"

선생님의 말이 백번 맞다. 지금 생각하면 랑은 자신이 왜 그렇게 놀라고 충격을 받은 건지 황당할 뿐이다. 그때 선생님은 바닥에 팽개쳐 둔 카피를 품에 안겨 주면서 말했다.

"사람들은 맹세니 어쩌니 하다가도 조건이 변하면 확 바뀌거든. 뜨거웠다 식기도 하고 싫증도 내고 변심도 잘하는데 기계는 그런 건 없잖아? 주어진 조건대로 행동하지. 어찌 보면 더 편한 거야. 변할 일이 없잖아? 그러니까 잘 지내 봐."

아닌 게 아니라 랑은 그 뒤로 카피와 잘 지냈다. 랑의 꼬붕이거나 동생 정도로. 필요에 따라서는 화풀이 대상이나 생각을 정리하는 피드백용 녹음기처럼 활용했다. 마음을 주지 않으니 다칠 필요도 없고, 의지하지 않으니 카피가 안 보여도 마음이 자빠지지 않았다. 마음은 랑의 것, 즉 랑의 마음을 보호하기 위해 누군가에게 필요한 것을 얻어 오기만 하면 된다는 전제를 랑은 막연하게 가졌다. 그래서 자신의 카피가 도하의 방에 갇혀 있어도 안타깝지 않다. 랑은 그냥 일어난 사실이고 꼬인 문제이므로 풀면 된다는 생각뿐이다. 소위 쿨하게! 랑이 도하의 카피를 갖고 있으니 재미있게 혹은 스릴 있는 방법으로 교환하면 된다. 새로운 버전의 시뮬레이션 게임을 하는 기분이랄까?

도하의 카피와 대화해 볼 작정이다. 랑의 카피를 훔친 애는 새 프로그램을 다운 받아서 카피를 백지 상태로 만들어 자기를 새롭게 인식시켰는데 여기는 컴퓨터가 없으니 불가능하다. 그리고 랑은 커닝만 할 생각이므로 그럴 필요도 없다. 카피에게 약간의 혼선만 주면 된다. 카피 등판의 소리 감지판의 나사에 발열선을 감아 두면 오류를 일으켜서 목소리를 감지하는 기능이 떨어져 카피는 도하와 랑의 목소리를 구분하지 못한다. 전에 랑의 카피를 훔친 아이가 썼던 방법이라고 들었다. 카피의 전원이 켜져 있는 상태에서 주인이 아닌 사람이 정해진 공간 외로 이동할 시에는 알람이 울리는 장치가 있기 때문에 그 방법을 써서 편하게 이동을 할 수 있었다고 자랑하듯 말했었다. 그 당시엔 그 말을 듣고 기가 막혔는데 자신이 그 방법을 쓰게 되다니. 랑은 여러모로 감회가 새롭다.

나긋나긋한 도하의 카피는 랑에게 많은 말을 하기 시작했다.

거슬러 올라가기

불길 속에서 누군가 몸부림치는 꿈을 꿨다. 논나가 자주 꾸는 악몽이다. 같은 일이 반복되면 익숙해지곤 하는데 이 꿈의 고통은 무뎌지지 않는다.
'이건 꿈이야, 놀라지 마.'
꿈속에서조차 읊조릴 정도인데 늘 깨고 나면 온몸이 진땀으로 젖어 있다. 불길 속의 누군가는 그림자로만 보이지만 누구인지 안다. 그건 마음으로 아는 거니까. 불길 속의 주인공은 헤라였다.
논나는 연일 공포에 짓눌렸지만 이젠 안다. 두려움으로부터 벗어나는 방법은 피할 게 아니라 직시해야 한다는 걸. 그러므로 헤라의 죽음을 털어 내려고 애쓸 것이 아니라, 흔적을 찾아서 거슬러 올라가야 한다. 이제 이 일은 헤라만을 위한 일이 아니다.
 어제 논나는 그렉 호이에게 폭행을 당했다. 파트너십으로 대화를 하다 일방적인 주장에 반대하자, 분노한 호이가 주먹을 날렸다. 지금도 뺨이 얼얼하다. 시커멓게 든 멍과 상처는 투지를 불사르게 한다. 가이더에게는 말하지 않았다. 아무 소용없으니까.
 꿈 때문에 새벽에 깬 논나는 헤라가 떨어진 지점에 서서 다시 한 번 결심했다. 학교는 헤라가 떨어진 바닥에 새겨진 얼룩을 지우기 위해 새로 페인트를 칠했지만, 논나는 덧칠된 페인트를 발로 문대며 이렇게 끝낼 수 없다고 다짐한다.
 '분명 증거가 있다고 헤라가 말했어.'
 논나는 헤라가 떨어진 날, 복도에서 눈이 마주친 아이에게 도움을 청했지만 거절당했다. 아니 거절이랄 것도 없이 그 애는 학교가 내려 친 방어막 못지않은 방어를 했다.
 장도하, 그 애는 원천 봉쇄하는 표정으로 논나가 어렵게 꺼낸 말에 무대응으로 일관했다. 그 애에게 도움을 청한 이유는 이곳의 애들과 다른 눈빛을 가졌고, 분명 논나의 슬픔을 알아챘기 때문이다. 또 하나 그 애는 원자녀라 이 일의 실마리를 찾는 데 논나보다는 유리할 거란 생각도 있었는데 완전 헛짚었다.
 '그날 본 눈빛은 뭐지?'
 눈빛은 거짓말을 못 한다고 믿는 논나의 신념이 무너지는 순간이었다. 더 설득하려 했지만 하필 그렉 호이가 나타나는 바람에 접어야 했다.

헤라에 관한 문제를 풀 수 있는 남은 연결 고리는 딱 하나다. 헤라의 파트너인 차익이란 애다. 그런데 헤라가 죽은 날 이후 그 애도 보이지 않는다. 누구도 그 애의 행방을 아는 바가 없다. 밖으로 나간 게 아니라면 차익이 있을 곳은 한 군데다. 의무실 안 입원 병동. 하지만 거긴 출입이 쉽지 않다. 하여 논나는 새로 입소한 랑에게 부탁해 보기로 했다.

그 아이는 막 입소했기 때문에 오리엔테이션 기간 동안 의무실 출입이 가능하니까. 마음에 걸리는 건 랑이 이테크 스쿨의 관리자 역할을 하는 루 여사의 동생이란 점이다. 그 애와 식당에서 이야기를 나누다 알게 된 사실이다. 재생가족이라도 가족은 가족인지라 조심스럽다.

"그러니까…… 네가 의무실에 들어갈 수 있게 홀로그램 워치를 바꿔 차자는 거야?"

"응."

친구를 문병하기 위해서라고 부탁하자, 랑은 선선히 홀로그램 워치를 내줬다.

"오래 걸리지 않을 거야."

그렇게 논나는 의무실로 가 차익이 누워 있는 병실로 들어갈 수 있었다. 다들 침대 시트를 목까지 덮고 있었지만 차익 특유의 머리 스타일 때문에 그 애를 찾기는 쉬웠다. 차익이 병동에 있을 거란 추측이 적중해 만족스러웠지만, 그 애와 얼굴을 마주했을 땐 너무 놀라 소리를 지를 뻔했다. 차익은 혼수상태였다.

헤라와 수없이 마음을 쪼갠 형형한 눈빛의 차익이 아니었다. 그들만의 교감의 열기에 들떠 빛이 나던 순간을 논나가 봤는데, 불과 며칠 사이에 저렇게 될 수 있다는 게 믿기지 않았다.

'대체 무슨 일이 있었던 거야?'

차익의 머리맡엔 병명이 적힌 종이가 있었다.

Emotionblock

디지털 스트레스로 인한 일시적인 쇼크를 뜻하는 약어다. 아직 의학계에 학명으로 정해진 바가 없어 테라피스트들이 임시로 진단하는 용어다. 헤라 때문인 게 분명한데 디지털 스트레스라니, 조작된 병명이다. 차익은 간신히 떠 있는 눈으로 논나를 봤다. 흐리고 탁하지만 의지가 섞인 눈빛이다.

논나는 작은 목소리로, 입 모양은 정확하게 말했다

"헤라에 관해 말해 줘."

차익의 눈동자가 흔들렸다. 흔들리는 눈빛은 전원이 나가기 직전의 무엇처럼 약하고 흐렸지만 절실했다. 그리고 복화술을 하듯이 말했다. 논나는 차익의 입 모양을 읽었다.

"카피?"

차익은 눈을 껌벅였다. 그 뒤로 더 이어지는 말은 없었다. 전원이 나간 기계처럼 차익은 까무룩 잠에 빠졌다. 논나는 병실을 빠져나왔다. 정신없이 내려와 간신히 랑 앞에 앉았지만 논나는 충격에서 벗어나지 못했다. 그런 논나를 보고 랑이 걱정스레 물었다.

"무슨 일이야? 물이라도 갖다 줄까?"

논나는 차익이 간신히 전한 말이 사라질까 봐 입 밖으로 소리 내 본다. 그게 뭘 의미하는 건지는 모르지만 오로지 그 두 음절을 잊지 않기 위해.

"카……피."

"카피? 애완 로봇 카피?"

'맞다. 애완 로봇 카피란 게 있었지? 차익이 그 얘기를 한 걸까?'

랑의 말에 논나는 정신이 번쩍 든다. 하지만 랑은 루 여사의 동생이다. 섣불리 말해서는 안 된다.

"아니, 아무 일도 아니야."

"친구는 만났어?"

"어. 고마워."

논나는 다시 홀로그램 워치를 바꿔 차고 방으로 돌아왔다.

논나는 허탈하기 짝이 없다. 차익이 그런 상태로 있을 거라곤 상상도 못 했다. 원자녀인 차익이 말이다.

'헤라와는 조건이 다른데…… 헤라의 죽음에 쇼크를 먹은 걸까?'

논나가 느끼기에 헤라와 차익은 연인 사이였다. 그들이 나눈 눈빛은 사랑이었다. 헤라의 죽음에 차익은 충격을 받았으리라. 하지만 단순한 쇼크의 결과라고 보기 힘들었다.

'혹시 자살 기도였을까? 차익은 왜 카피를 말한 걸까?'

이제 논나의 손에 쥐어진 조각은 '카피'뿐이다. 하지만 논나는 카피에 대해 아는 바가 없다. 원자녀들이나 소지하는 고가품이므로. 차익이 말한 카피가 헤라의 카피는 아닐 것이다.

'차익의 카피?'

그걸 어디서 찾을 것이며 무엇을 말해 줄지는 오리무중이다. 카피에 대해 아는 바가 없으니 상상조차 불가능하다. 머릿속을 아무리 헤집어도 나아갈 길을 모르겠다.

'차익의 방에 들어갈 수 있는 방법이 있을까?'

논나는 이런저런 생각을 하다가 시리를 떠올렸다.

'여기에 나보다 오래 있었으니 뭔가 정보를 알지 않을까?'

논나는 내일을 기약했다.

"노 코멘트."

시리는 장도하 못지않게 철벽을 친다. 도하란 아이가 천진난만한 무지의 얼굴이었다면 시리는 분명하게 거부 의사를 밝혔다. 아무것도 모른다고 잡아떼면 포기라도 하련만, '노 코멘트'란 말에 논나는 오기가 생겨 미칠 지경이었다.

"좋아! 그럼 차익의 카피에 대해 아는 거 있어?"

"그건 차익이 알겠지?"

시종일관 나 몰라라 하는 시리가 얄미워 논나는 소리쳤다.

"차익은 입도 뗄 수 없을 정도로 망가져 있어. 알아?"

새된 논나의 목소리에 놀란 건지 차익의 소식에 놀란 건지 시리의 표정이 구겨졌다. 그러더니 한숨을 푹 내쉬었다.

"이봐, 나 D타워에서 AR존을 거쳐 나름 야심을 갖고 이곳에 왔어. 이곳을 거치면 더 나은 직업을 가질 수 있을 거란 희망으로. 내가 뭐가 대단한 걸 알아서 입을 다물겠단 게 아니야. 헤라의 죽음에 엮이고 싶지 않다는 거지. 이상한 일이 벌어지고 있다고 말한 헤라가 죽었다는 게 난 무서워. 차익마저 그런데 그 이야기를 뒤이어 하자고? 내게 어떤 일이 일어날지도 모르는데…… 안 그래?"

"헤라가 자기에겐 증거가 있다고 했지?"

"댓즈 올."

시리의 반응에 논나는 측은지심이 생겼다. 두려워서 이 문제를 덮고 싶었던 자신과 다를 바 없었으니까. 삶의 이력도 똑같다.

그러니 시리를 더 이상 괴롭히고 싶지 않았다.

"알았어."

시리도 더는 아무 말도 않고 논나의 얼굴에 든 멍을 한번 쓰다듬고는 가 버렸다. 논나는 차익에게 다시 가서 카피가 어디 있는지 물어봐야 할 것 같았다. 그래서 허겁지겁 랑의 방으로 갔다.

"랑!"

다급한 마음에 랑이 문을 열자마자 논나는 랑의 방으로 들어갔다.

"미안! 내일이면 너도 의무실 출입 자격이 끝나서, 늦었지만 홀로그램 워치 좀 빌려주라."

"지금? 거기 문 닫을 시간 아니야?"

"한번 가 보려고."

"아니, 이미 닫았어."

랑이 홀로그램 워치를 보여 주는데 의무실 입실 시간이 종료로 뜬 게 보였다. 논나는 실망스러워 침대에 펄썩 주저앉았다. 그때 삐삐빅, 소리가 나서 보니 침대에 은색 로봇이 누워 있다. 논나가 놀라서 바라보자 랑은 변명하듯 대답한다.

"카피야. 네가 깔고 앉을까 봐 자기 존재를 알린 거야."

"이게 카피구나. 난 처음 봤어. 근데 너도 카피가 있어?"

"어, 그게…… D타워에 있을 때."

논나는 랑에게 카피에 대한 설명을 들었다. 녹음 기능도 있다니 차익의 카피만 찾는다면 헤라가 말한 증거가 있을 거란 추측이 들었다. 그 사실은 고무적이지만 어디에서 차익의 카피를 찾을지 난감했다. 논나는 답답한 마음에 마른세수를 하다 자기 뺨의 상처를 긁었다.

"아야!"

"잠깐, 밴드 줄게."

랑이 밴드를 찾으러 간 사이에 논나는 카피를 보며 하소연하듯 말했다.

"카피! 네 친구는 어디에서 찾니?"

혼잣말인데 놀랍게도 카피가 대답했다.

"도하, 내 친구 누구를 찾고 싶은 거야? 검색 기능에 친구 찾기가 있긴 한데."

"친구 찾기?"

"응. U1존에서 생산된 카피들끼리만 가능해."

그때 랑이 화장실에서 나오더니 후다닥 카피를 잡아채 전원을 껐다. 논나는 눈이 휘둥그레진 채 묻는다.

"랑, 도하라고 부르던데?"

"아니……"

"도하라면 장도하?"

"아, 그게…… 사정이 있어."

랑은 망설였다. 논나 역시 마찬가지다. 랑을 어디까지 신뢰할 수 있을지 감이 안 잡혀서다. 둘은 주먹을 내지르기 전 상대를 재기라도 하듯이 한참을 말없이 바라보고만 있었다.

"어쩔 거야?"

"뭘?"

랑이 먼저 말한다.

"논나, 너부터 말해. 누구의 카피를 왜 찾는지, 의무실에 왜 그리 절박하게 간 건지. 그게 네 얼굴의 상처와 관련이 있는지도."

"……."

"네 행동들 충분히 수상해. 너의 수상함은 나와 무관한 게 아닐 거 같고, 왜? 나도 이곳에 있으니까. 나 역시 이곳에 대해 알 권리가 있다고 생각하거든. 논나, 솔직하게 말해 줘. 그러면 나도 내가 아는 바를, 적어도 카피에 관한 건 도울 수 있을지도 몰라."

논나는 망설였다. 입을 떼는 순간 자신도 헤라처럼 될지도 모른다는 두려움 때문에.

"솔직히…… 난…… 너를 믿을 수 없어."

"왜?"

"그건…… 네게 말해도 된다는 믿음을 내게 줘 봐."

"왜 날 못 믿겠다는 건지 모르지만 난 너랑 이력이 비슷해. D 타워, AR존 그리고 이곳."

"그게 무슨……."

"너랑 처지가 같다고. 충분히 우리가 될 만한 조건 아냐?"

"하긴 아까 시리와 얘기했는데 걔도 우리와 같더라. 그러고 보면 원자녀들을 빼면 다 조건이 같네?"

"맞아, 그렉 호이란 애가 나한테 그랬어. A군이라고."

"그룹으로 나눠졌고 그건 의도가 있다더니…… 헤라의 말대로야."

"헤라?"

"알아?"

"아니, 몰라. 며칠 전에 정원에서 나랑 부딪힌 애를 어떤 남자애가 '헤라'라고 부르며 따라가는 걸 봤거든. 근데 의도라니?"

논나는 일어나 창가로 간다. 시리의 두려움이 괜한 것이 아닌 것처럼 조심스러워 말을 돌린다.

"그런데 넌 어떻게 원자녀인 도하의 카피를 갖고 있어?"

"그건…… 좋아. 네가 날 믿는 데 도움이 될 테니 이야기할게. 이건 내 약점이 될 수 있는 일이니까."

랑은 자기가 도하의 카피를 갖게 된 이야기를 했다.

"도하의 카피를 갖고 있는 게 네게 무슨 의미가 있어?"

"의미는 없어. 그냥 기회를 보는 거야. 내 것과 바꿀 수 있는 기회를. 안 그래도 파트너십의 파트너가 잡혔다고 홀로그램에 떴는데, 장도하가 내 파트너라니 내일이라도 바꿀까 생각 중이긴 해."

불현듯 떠오른 생각에 논나가 소리쳤다.

"안 돼! 아직 바꾸지 마."

"왜?"

"U1존 카피끼리는 위치를 찾을 수 있다고 했거든. 장도하도 원자녀잖아? 그러니 한번 시도해 보자. 랑, 부탁이야."

"누구 걸 찾는 거고 왜 찾는 건데? 그걸 찾아서 뭘 알고 싶은 건데?"

"그건 내가 다시 이야기할게…… 부탁이야."

"좋아, 내가 알기론 카피 주인의 출생 증명 번호는 알아야 해. 그럼 넌 내일 그것만 알아와."

"좋아."

논나는 다소 홀가분한 마음으로 자기 방으로 갔다. 적어도 한 가지 대안이 있으니 앞이 캄캄 절벽은 아닌 것 같았다.

M과 A의 수상한 조합

 도하는 3시간째 도서관에 있다. 인간의 사고와 감성과 추론, 타인을 이해하는 능력을 배우기 위해서는 독서를 해야 한다며 줄기차게 독서 과제를 내 준다. 독서를 하면 우리의 의식이 확장되고 영감을 받는 등 어떤 식으로든 감정이 풍요로워진다고 했다. 그럴싸하다. 하지만 도하는 활자만 읽기 때문에 별 효과는 없으리라. 자신의 의지가 없는 일에 무슨 변화가 있으랴 싶어 이곳의 교육 무용론을 또다시 떠올린다.
 어젯밤에 파트너십 일정을 받았는데 랑이란 애가 파트너다. 카피 때문에 피했는데 파트너가 되었으니 더 이상 피하긴 힘들단 생각에 책에 집중이 안 된다.

파트너십은 2인 1조로 일정 시간 만남을 가지며 상대를 파악하고 소통을 잘하는지를 검증받는 프로그램이다. 여성과 남성의 감정 패턴이나 성향이 다르기 때문에 남녀를 한 조로 한다고 들었다. 누군가와 1 대 1로 이야기하는 것도 부담스러운데 이성과의 대화라니 도하는 난감했다. 마지못해 정해진 시간에 면담실에서 그 애를 만났다.

"난 랑이야. 그날 미안했어. 느닷없이 네 방에 들이닥친 거 말야. 경황이 없어서 인사도 못 했어."

"난 장도하."

"알아. 그 뒤로 또 한 번 네 방에 갔었거든."

"그래?"

"내 카피가 그 방에 있다고 생각했거든."

"……"

"그런데 찾았어."

"……"

'찾았다고? 그럼 내 방 카피의 주인은 누구지?'

어쨌거나 도하는 마음이 좀 편해진다.

"반가워."

랑은 명랑한 목소리로 조잘대기 시작했다.

"음, 우리는 파트너이니까 서로에 대한 기본적인 이해가 필요할 거 같아."

"……."

"그런 거 있잖아. 흔히들 초면에 말하는 거 성격, 취향, 대략의 성장 과정이나 가치관? 또…….'

"……."

흔히들 그런 사적인 대화를 한다고? 너무 낯선 표현이다. 도하는 그런 이야기를 누구와 나눠 본 기억이 없다.

넷 스쿨을 다녀서만은 아니다. 누군가를 사귀고 싶은 의욕이 없었다. 한때 또래 그룹과 지낸 적은 있었다. 그룹 이름까지 짓고 아침저녁으로 쳇방에서 안부를 나누며 모임도 가졌다. 그런데 좋을 때는 화기애애하고, 근거 없는 칭찬도 하고, 서로를 배려하던 아이들이 안 좋은 일이 생기자 놀라울 정도로 돌변했다.

누구 하나 문제를 풀고자 하지 않았다. 애초에 혼자였던 사람들답게, 각자의 이익이나 자신의 감정에 따라서 순식간에 조각조각 나뉘었다. 공통의 룰도 없고 '우리'란 의식이 없으니 결국 목소리 큰 애 중심으로 몇몇이 모이고 나머지는 자연스럽게 거세되었다. 도하는 거세된 아이에 속해 있었다.

도하는 그 일을 잊으려 애썼지만 마음에 얹힌 돌은 쉽게 치워지지 않았다. 답답한 마음에 AI상담실에 의논했더니 '인간은 필요에 의해 이합집산을 하는 존재'라고 했다. 관계는 서로 필요할 때 손을 잡아야 이뤄지는 것이란 걸 도하는 그때 깨달았다.

그 뒤로 도하는 타인과 맞닿아야 할 부분을 봉쇄시켰다. 줄곧 혼자 지냈고 그게 불편하지 않았다. 친구가 많은 아이들이 부럽지 않았다. 친구가 많은 애들도 자세히 보면 그리 돈독한 사이는 아니었다. 필요에 의해 시간과 놀이를 공유하는 파트너 정도랄까? 그런 정도라면 도하에게도 애완 로봇이 있었으니까. 그 외는 익명의 다수에게 자신을 과시하기 위한 대상으로 존재하는 타인일 뿐, 그 이상도 이하도 아닌 것처럼 보였다. 특히 SNS에서 팬덤이 형성된 아이는 더더욱 고생스러워 보였다. 타인의 시선에 갇혀 '행복 코스프레'를 하거나 이슈를 찾아 주목받고자 혈안이었는데, 행복 코스프레는 하는 이나 보는 이에게나 득이 되는 일이 아닌 의미 없는 소모적인 일이기 때문이다.

딴생각에 골똘한 도하에게 랑이 집중하라는 표시로 손을 흔들며 말했다.
"있잖아! 난 우리가 같이 공놀이를 하고 있다고 생각하거든. 그러니까 내가 공을 던지면 넌 받아야 해."
"……."
"대답을 하라고, 공을 치는 시늉이라도 해야지. 내 공이 바닥에 떨어지도록 두면 나도 의욕을 잃게 돼. 난 계속 같은 일을 하도록 세팅된 기계가 아니라 사람이니까."
'나도 의욕을 잃는다'는 랑의 말에 진심이 느껴져 도하의 마음에 미세한 진동이 왔다.

'맞아, 내가 원치 않는다고 남을 힘들게 하는 건 옳지 않아.'

이렇게 말하고 싶었지만 입 밖으로 말이 나오진 않았다. 습관이 안 된 터라 한 어절만 나왔다.

"그래."

"그럼, 우리 이러자. 서로에게 궁금한 걸 적어 보는 거야."

만난 지 5분도 안 되었는데도 랑은 '우리'란 말로 거침없이 둘을 묶었다. 그 표현이 나쁘지 않았지만 도하는 괜한 방어막이 쳐진다.

'우리? 필요에 의해 임시변통으로 엮자는 거지.'

한편으론 조금 전 일과 맞물려서 마음이 불편해진다. 도서관에서 내려오는데 논나란 애가 다짜고짜 부탁을 했었다.

"U1존 출신, 김차익의 출생 번호 좀 알아봐 줘."

저번과는 다르게 일방적인 명령조라 도하는 당황스러웠다.

"왜?"

논나란 아이는 오히려 황당하다는 표정을 지으며 말했는데 그 대답이 걸작이었다.

"왜? 넌 내가 왜 알려고 하는지 안 궁금하잖아? 그냥 네가 할 수 있는 일이라 부탁하는 거야. 관심 없어도 할 수 있는 일 정도는 해 줄 수 있잖아?"

그러곤 사라졌다. 도하는 충격을 받았다. 정말로 궁금하지 않았기 때문이다. 논나란 애마저 그렇게 보고 있으니, 랑이 말하는

'우리'가 될 수 없는 요인이 자신에게 있는 거라는 생각이 든다.

"자."

랑이 연필과 종이를 건넸다. 도하는 펜을 들었지만 랑에게 궁금한 게 없다. 게다가 연필이란 걸 손에 쥐어 본 기억조차 가물할 정도로 필기구는 낯선 아이템이다. 랑이 쓰는 걸 보니 신기하다. 엄지와 검지의 협업으로 연필은 춤을 춘다. 도하는 아무것도 쓸 게 없었다.

랑이 도하를 바라보더니 말했다.

"이봐, 하고 싶지 않아도 해야 해. 너랑 나, 우리에게 주어진 과제라고. 우린 한배를 탄 건데 강 건너까지 가려면 나 혼자 노 젓는 건 역부족이야. 싫든 좋든 너도 일정량은 해야 해."

"뭘 써야 할지 몰라서……."

난감해하는 도하를 보고 랑이 방긋 웃는다.

"좋아, 내 걸 공유하자."

도하는 랑의 웃음을 보는 순간 기분이 이상해진다. 보지 말았어야 할 것을 본 것 같은 기분, 도하 안에 내리쳐진 막에 구멍이나 미세한 바람이 드나드는 듯한 기분이다.

랑과 도하는 천천히 실마리를 풀 듯 이야기를 나눴다. 종이에 적은 대로 하나하나씩 조심조심 말을 꺼냈고, 이야기가 시작되자 유수풀에 몸을 담근 것처럼 힘주어 방향을 잡지 않아도 이야기는 자연스럽게 흐르기 시작했다. 블록 깨기 게임처럼 하나 하나 질문을 하고 치워 없애는 일은 그런대로 성취감이 생겨서 할 만했다.

"가장 힘들었을 때는?"

"난 펫로스 증후군을 앓았어. 10년 이상 같이 산 하몽이가…… 사고로 죽었거든."

"10년이면 많은 시간을 보냈을 텐데…… 정말 힘들었겠다. 난 경험은 없지만 소중한 존재가 눈앞에서 사라진다는 건 무서운 일이었을 거야. 그래서 어떻게 극복했어?"

"그 이야기는 그만하고 싶어."

"아직도 힘들구나. 아픈 기억을 덮지 않고 되짚어 보면서 정리하면……."

"그만해!"

도하는 자기도 모르게 소리쳤다. 아빠 이야기가 들춰지게 될 것만 같아서 두려워졌다. 그건 도하의 가장 내밀한 부분을 파고드는 것이라 말하고 싶지 않았으니까. 도하는 갑자기 도망치고 싶어져 벌떡 일어섰다. 하지만 랑은 당황하지 않고 도하를 향해 낮고 부드러운 목소리로 말했다. 도하의 마음을 다 안다는 듯이.

"도하, 우린 중간에서, 안전지대에서 만나는 거야. 내가 쳐들어가는 일은 없어."

"무슨 소리야?"

"우리는 천천히…… 자신에 대한 이야기를 하다 보면 내 자신이 성장하게 되거든."

도하는 랑의 말이 무슨 뜻인지 알 것 같았다. 안전한 중간 지대란 말이 좋았다. 적어도 자신의 의지가 해침을 당하는 일은 없다는 소리다. 도하는 다시 자리에 앉았다.

"도하, 우리는 시험 준비하듯이 서로를 알아내기 연습을 하는 게 아니잖아."

"그래……."

"대화는 마음을 잇는 거야."

도하는 랑을 향해 고개를 끄덕였다.

"있잖아. 난 네가 하몽이를 쓰다듬었을 때 손만 왔다갔다 하지 않았을 거라고 생각해."

"어."

손을 움직이게 하는 건 도하의 따스한 마음이었으니까. 랑은 마음에 관한 이야기를 하고 싶은 거다. 도하도 안다. 하지만 마음이 갑자기 흐를 수는 없는 거 아닐까?

"도하, 나를 애완 로봇이라고 생각해. 옆에 놓고 독백하는 거야."

"넌 카피가 아니잖아."

"아니지. 그렇다면 그 말은 로봇에겐 가능하단 이야기야?"

"그래."

"나도 안전해. 나는 공격하지 않아. 내가 널 내리누를 이유가 없잖아? 우린 친구가 될 수 있어."

도하는 이상한 기분이 들었다. 전기처럼 뭔가 찌릿한 기분이 그를 가격했다.

'친구란 표현 때문일까?'

아닐 거다. 도하는 친구란 용어에 향수가 없다. 아마도 랑이 도하에게 새로운 사실을 상기시켰기 때문인 것 같았다.

'정말 난 안전한 누군가가 필요했던 걸까? 내가 하몽이나 카피와 잘 지냈던 건 안전해서였을까?'

도하는 또다시 도망치고 싶어졌다. 당혹감이 도하를 휙 감아서 바닥에 패대기치는 기분이 들었기 때문이다. 혼자이고 싶었다. 소용돌이 때문에 떠다니던 컵 속의 부유물들이 밑으로 가라앉을 때까지. 그래서 침전물 없이 말갛게 된 자신의 마음을 바라볼 수 있을 때까지 혼자 있어야 한다.

'어떻게 여기서 벗어나지?'

이런 생각을 할 즈음 고맙게도 호이가 건들거리며 왔다.

"어때? 얘기 잘 돼?"

"그럼!"

랑의 대답에 호이는 설마 하는 표정을 보였다. 모든 걸 안다는 듯이 음흉하게 웃는 호이의 표정이 거슬렸는데, 도하만 느낀 게 아니었나 보다.

랑은 호이에게 따져 물었다.

"뭐야? 그 표정은?"

"내 표정이 어때서?"

"보는 사람 입장에선 그닥 좋아 보이지 않네."

"입장이야 다른 게 정상이니까."

"그래서 어쩔 수 없다고? 그래도 한번 상상해 봐. 네가 어떻게 보일지?"

"난 그딴 걸 일부러 상상할 필요 없어. 난 최고의 선택으로 길러진 애라 어느 정도는 검증이 된 터라."

"최고의 선택?"

"AI의 검증된 신인이랄까?"

"최고라는 생각, 그게 제일 위험한 건데. 그렇다치고! 너희는 어땠어?"

"너희라는 표현이 좀 그러네. 난 너희와 달라. 소통이 문제가 아니니까."

"물론 다르겠지. 사람이 다르니까."

"내 말은 급이 다르단 거야."

"너의 잘난 척엔 끝이 없구나. AI가 그렇게 가르치디?"

랑의 말에 도하는 하마터면 웃을 뻔했다.

"근데 논나는?"

"갔겠지?"

호이를 못 참겠다는 듯 랑은 발딱 일어났다.

"도하, 다음에 봐."

랑이 간 뒤 호이는 도하에게 뭔가를 탐색하듯이 바라본다.

"어때?"

뭘 물어보는지 모르겠어서 도하는 말을 돌렸다.

"그냥. 근데 네 파트너 이름이 논나야?"

"응. 그냥 논나. 어차피 A군들이니까."

"A군? 그럼 우리는?"

"우리 원자녀들은 M군 Main, 랑과 논나 걔들은 Assist, A군."

그렇게 나뉘는 건지 도하는 처음 알았다.

'왜 Assist인 거지?'

궁금했지만 묻지 않았다. 너무 많은 걸 알게 될 것 같아 부담스러웠으니까. 그냥 아무 말이나 해 화제를 돌려야 했다.

"넌 어때?"

"나야 뭐, 아까도 말했듯이 난 너와 달라. 난 기본적인 소통엔 문제가 없으니까. 난 상대를 내 의지대로 설득시키는 일을 하는 거야."

"구체적인 이슈가 있어?"

"뭐든! 상대를 제압하는 방법은 여러 가지. 동일한 위치의 사람에겐 논리로 제압하지만 그렇지 않은 경우엔 기선 제압하면 논리든 감정이든 다 굴복하게 되어 있어."

"소통 과제가 끝나면 그게 다음 과제는 아니겠지?"

"왜 아냐? 사회는 파편화되어 있다고. 그러니 누군가는 통찰력을 가지고 통합해서 이끌어야지. 그 누군가는 원자녀들일 테고. 일부만이 할 수 있는 일이야."

"그래, 아주 일부만."

'적어도 난 아니다!' 이런 이야기를 하고 있건만 호이는 자기 이야기에 취해 도하의 말을 곡해하고 격려했다.

"걱정 마! 너도 그 일부가 될 수 있어. 힘과 폭력을 통한 1차 권력과 자본을 통한 2차 권력은 영향력을 잃어 가고, SNS처럼 인터넷 매체를 통해 신뢰와 권위를 쌓은 이들이 3차 권력자로 부상했어. 추종자들의 마음 깊은 곳까지 움직일 수 있으려면 설득의 흐름을 잡는 감정 훈련이 필요하고."

호이의 얼굴이 야심으로 번들거렸다. 도하는 호이를 보는 것만으로도 힘겨워 피곤하다는 핑계를 대고 일어섰다. 아닌 게 아니라 계단을 오르는데 무릎이 자꾸만 휘청거렸다. 점심을 엉터리로 먹어서 속이 비어서일까?

간신히 방에 들어와 침대에 숨겨 놓은 카피를 안으니 마침내 알 것 같았다. 이건 배가 고파서가 아니라 '한 대 맞은 기분'이란 걸. 다만 불쾌함을 동반한 충격은 아닌 건 분명하다.

정체불명의 충격이지만, 충격의 발신지가 랑인 것만은 분명하다. 도하 안에 랑의 얼굴이 홀로그램 영상처럼 경쾌하게 떠 있으니까. 그 애, 랑은 환하게 웃고 있다. 랑의 펀치가 도하의 마음인지 머리인지 어딘가에 닿은 건지는 모르겠지만 얼얼한 기분이 든다. 그리고 랑과 나눈 이야기는 묵직하게 가라앉아 그 존재감을 물씬 풍긴다.

마음, 온기를 지닌 액체

저녁 식사 후, 산책을 하려고 교정에 나갔다가 측백나무 틈 사이로 주차장 쪽에 있는 루이모를 봤다.
"루이모!"
랑은 반가운 마음에 손을 흔들었지만 루이모는 랑 쪽을 보지 않는다. 루이모는 누군가와 이야기를 나누고 있다. 하지만 사이사이 멈춤이 있고 랑의 목소리가 들릴 만한 거리인데도 브라운 관 속의 사람처럼 무반응이다.
랑은 루이모에게 가려고 나무 사이를 관통하려다 깜짝 놀랐다. 그곳엔 두꺼운 아크릴로 된 가벽이 있었다. 길을 따라 쭉 더 들어 보니 측백나무 뒤로는 다 아크릴 벽이다. 이건 데커레이션

이 아니라 차단용이다. 예사롭지 않은 두께의 벽을 보니 새삼 주변의 공기가 탁한 기분이다.

'세상에!'

랑은 이곳에 도착했을 때가 떠올랐다. 안에서 열리지 않던 로비의 문과 봉쇄된 듯한 창문들, 낙상 사고 때 투명한 벽 앞에 모여 있던 아이들이 떠올라 기분이 안 좋아진다. 어떤 식으로든 출구가 막혀 있는 건 좋은 일이 아니다. 하지만 루이모는 다르게 이야기했다.

"생각하기 나름이지. 갇혔다고 생각하지 말고 보호받는 거라고 생각해. 아무래도 이곳은 외졌으니까."

그땐 루이모의 말이 맞다고 생각했는데, 녹음 뒤의 아크릴 벽을 보니 불길해진다. 랑은 루이모를 만날 생각으로 로비로 뛰어갔다. 하지만 루이모를 봤다는 사람이 없었다. 로비의 각진 남자들은 모른다고 고개만 흔들었다. 황당했다. 그 짧은 사이에 루이모가 갔을 리는 없고 랑이 잘못 봤을 리도 없다. 단발 머리에 붉은빛 도는 안경테, 하늘색 남방과 곤색 슬렉스는 랑이 익히 본 것들이다. 랑은 루이모가 자기 방으로 갔을지도 모른다는 생각에 허겁지겁 방으로 가 봤지만 루이모가 다녀간 흔적은 없었다.

'분명 루이모였는데……'

원망과 허전함이 교차하는데 누군가 방문을 두드렸다. 혹시나 하는 기대감에 문을 열었다. 논나였다. 논나는 콧김을 뿜으며 씩

씩거렸다.

"너지? 너 루이모 만났지?"

"아니, 주차장에 있는 루이모를 보긴 했는데……."

랑은 논나에게 하소연을 하고 싶었는데 논나는 말을 끊는다.

"역시! 너를 믿는 게 아니었어."

"무슨 소리야?"

"조금 전, 너희 루이모가 차익을 싣고 갔어."

"차익?"

"흥, 모르는 척하지 마."

논나는 랑의 멱살이라도 잡을 기세였지만 눈물이 하염없이 흘러 나약하게만 보였다. 게다가 뺨의 멍은 더 짙어져 논나의 얼굴은 기괴해 보였다. 랑은 돌아가려는 논나를 잡고 말했다.

"논나, 이제야 알겠어. 그동안 왜 날 못 믿는다고 한 건지. 내가 루이모와 가족이라서? 난 오늘 루이모를 만나지 못했고, 무조건 가족에 치우칠 만큼 비이성적이지 않아. 그러니 맘대로 추측하지 말고 내게 솔직하게 이야기해 줘."

랑의 진심 어린 항변에 논나는 마음을 움직였다. 긴 한숨을 쉬더니 그간의 이야기를 털어놓았다. 헤라를 만난 시점부터 방금 전의 일까지. 도하가 차익의 출생 번호를 알려 줘서 랑에게 오는데 그렉 호이가 길을 막더니 차익의 소식을 알려 주더란다.

"차익의 방에 가 봤어?"

"응, 그 애 방은 깨끗이 치워져 있었어."
"차익의 카피도 실어 간 거겠지?"
"그랬겠지."
랑은 헤라와 부딪혔던 일이 떠올랐다.
"아! 헤라란 애랑 부딪혔을 때, 그 애 가방에 카피가 있었어. 혹시 헤라의 카피가 따로 있는 건 아닐까?"
"아닐 거야. 원자녀가 아닌 애들이 카피를 갖긴 힘들어. 너 같은 애는 흔하지 않아. 그날은 헤라가 차익의 카피를 갖고 있었던 거 아닐까? 그나저나 이제 어디서 증거를 찾는담?"
논나는 김이 빠져서 주저앉았다. 랑도 마찬가지다. 헤라 이야기, 그렉 호이의 행동, 감정 학교의 시스템 등 논나의 이야기가 충격적이고 혼란스럽기만 하다.
"논나, A군 애들한테 물어보는 건 어떨까?"
"안 그래도 접촉해 봤어. 내가 처음 목격했던 휴게실에서 싸우던 아이부터. 다 시리 같은 반응이야. 이곳이 구조적으로 문제가 있고, 자신들이 불이익을 받는 걸 알지만 문제 삼고 싶어 하지 않아. 상대가 원자녀들이니 쉽지 않다는 걸 본능적으로 감지했고, 한편으론 이 시간을 무사히 지나가고 싶은 거지. 도하랑 차익처럼 괜찮은 원자녀 애들도 있으니까."
"그래도……. 헤라도, 네 얼굴의 상처도 그냥 넘길 일은 아니라고 봐."

"그렇긴 한데 차익이 없어져서 나도 포기하고 싶어지네. 우리가 새장에 갇혔다면 날아갈 방법은 없는 거 아닐까?"

논나는 전의를 잃은 것처럼 보였다. 하긴 랑과 둘이 무언가를 도모할 만한 열쇠가 있는 것도 아니고 오로지 심증만으로 움직일 수는 없으니까. 그건 랑도 마찬가지다.

논나의 말대로라면 이곳은 루이모가 말한 것과는 다른 곳이고, 랑이 감정석화증 때문에 온 게 아닐지도 모른다. 이게 사실이라면 루이모에 대한 신뢰가 끊어질 것이란 생각에 랑은 괴롭기 짝이 없었다. 루이모는 이곳에서 '루 여사'라고 불리는 관리자라고 했다. 주로 A군 아이들을 데리고 오는 매니저라며. 랑은 이 사실이 못 견디게 싫었다. 루이모가 의도적으로 자신과 인연을 만들었을까? 랑은 아닐 거라고 고개를 자꾸만 흔든다.

"도하, 무슨 일 있어?"

우울한 랑의 마음을 읽고 카피가 위로한다. 하지만 오늘따라 카피가 거슬렸다.

'이봐, 난 도하가 아니야.'

랑은 소리치고 싶다. 자신이 만든 거짓 설정이지만, 이 순간 랑은 세상에 존재하는 모든 거짓에 구역질이 났다. 동시에 아이러니하게도 새로운 의욕이 들끓기 시작하는 것도 느꼈다. 바로 도하의 감정에 온기를 주고 싶다는 바람이다. 이곳의 음모와는 별

개로 도하와 파트너십을 잘해야겠다는 투지가 생겼는데, 단순한 성취감도 아니고 D타워에서부터 늘 랑을 지배해 온 우등생이 되고자 하는 욕심도 아니다.

 랑은 도하를 만나면 만날수록 도와주고 싶다는 마음이 강렬해지기 시작했다. 루이모가 처음부터 의도를 갖고 만났을지도 모른단 생각이 강해지면 강해질수록, 루이모가 말한 가족으로서의 선의가 거짓일 거라는 의혹이 강해지면 강해질수록 랑은 선의를 가지고 도하를 도와야겠다는 결심이 섰다. 랑도 처음 드는 느낌이다. 마음, 온기를 지닌 액체가 랑 안에 흐르기 시작한 걸지도 모르겠다. 랑은 자신이 감정석화증이 아니란 확신을 가지고 더더욱 온기를 전하고 싶어졌다.

 장도하는 로봇 중독이다. 왜 카피가 제한 물품인지 알 것 같았다. 도하는 카피 이야기를 할 때에만 활기를 띤다. 인간에게는 마음을 안 열기로 작정한 애 같았다. 인간에게는 희망을 두지 않겠다는 듯이. 그래서 도하 앞에 있는 랑이 안 보이는 거라. 시종일관 심드렁한 표정의 애가 카피 이야기엔 핏대를 세우기도 했다. 의외였다. 그건 분명 마음이 하는 일이다.

 언젠가 도하가 랑에게 물었다.
 "이런 소통 파트너 프로그램은 왜 만든 걸까?"
 "인간은 타자와의 관계에서 감정이 생기는 건데 우리 디지털 세대들은 고립된 개인으로 살다 보니 감정석화증이 생긴다잖아.

부작용을 극복하려고 이런 학교를 만들었으니 억지로라도 감정을 느껴 보라는 거지."

"난 반대야."

"뭘?"

"억지로는 감정이 생길 리 없고 각자의 방식이란 게 있는데."

"그래도 로봇보다는 인간이 낫지 않을까? 인위적으로라도?"

도하의 카피를 빗대서 한 말은 아니었지만 랑의 머리엔 도하와 카피가 떠올랐다. 도하도 그랬던 걸까? 랑의 말에 코가 벌렁거리기 시작했다. 흥분하기 시작하는 코뿔소처럼. 처음 보는 모습이다.

"로봇과도 얼마든지 교감이 가능해."

"교감은 말 그대로 쌍방인 거야. 진짜로 그렇게 생각해?"

"주고받는 게 쌍방이라면 가능하지 않을 게 없지. 카피도 내 말을 들어주고 공감한다고. 나도 카피 말에 위로 받고. 그게 쌍방 아닐까?"

"공감? 그건 아니지. 걔들은 척하는 거지."

"척?"

"응. 걔들은 정해진 프로그램대로 척만 하는 거잖아. 사랑하는 척, 보살피는 척, 걱정하는 척, 이런저런 척척."

"척이라고? 사람들도 다 자기 필요대로 척해! 의도가 있는 사람들의 척이 더 나빠. 그리고 사랑은 존재만으로도 가능한 거야.

주고받지 못해도 사랑일 수 있고, 받고 주지 못해도 상대가 나를 사랑할 수 있는 거니까."

"그럼 로봇과 사랑도 가능하다고 생각해?"

"가능하지 않을 게 뭐가 있어?"

"뭐야? 사이보그라도 되려는 거야?"

"로봇을 사랑한다고 사이보그라고? 사이보그는 생물과 무생물이 결합된 자기 조절 유기체를 뜻해. 그렇게 따지면 너희가 사이보그 아이랄 수 있지. 인공 수정으로 태어났으니까. 의학 기술이 개입된 인공적 임신은 사이보그 임신이라고."

랑은 발끈했다. 원자녀들을 만나 보기 전까지는 맛보지 못했던 묘한 열등감 같은 게 살살 피어오르던 참이었는데 도하의 말은 치명적으로 와닿았으니까.

"우리를 무시하는 거야?"

"무시하는 게 아니라 사실을 이야기하는 거야. 사이보그에 대한 정의를 말하려는 거지."

"혹시 원자녀라서, 나랑 정체성의 급이 달라서 그동안 말을 안 했던 거야? 이렇게 말을 잘하는 줄은 몰랐네?"

도하가 그런 의도로 말한 게 아니란 걸 알면서도 랑은 일부러 말꼬리를 잡았다. 간신히 터진 말문을 계속 잡고 있어야 한다는 자구책이기도 했다. 도하는 랑의 말에 허겁지겁 반응한다. 얼굴에 미세한 불안감도 흐른다.

"아냐. 랑, 정체성은 남과 다른 나의 특성이지 남보다 나은 장점이 아니야. 거기에 급은 없어."

"어떻게 급이 없어? U1에 사는 사람들과 U10에 사는 사람들이 같아? 넌 어떻게 출생의 방식으로 사람을 나눠? 그래서 로봇보다 우리 같은 태생적 사이보그가 더 급이 낮다는 이야기를 하고 싶은 거야?"

치사하게도 랑은 말끝을 흐리고 눈물까지 보였다.

'아! 정말 이럴 생각은 아니었는데.'

눈물은 작위적인 거였다. 목적을 가진 연기라고 할 수도 있겠다. 결국 랑은 도하가 말한 대로 '필요에 의해 척하는 인간'인 거다. 하지만 이런 생각도 든다.

'이건 선의다. 그러므로 나쁜 게 아니다.'

순식간에 합리화가 되면서 랑은 연신 울었다. 이상한 건 눈물이 멈추지 않았다. 악어의 눈물로 시작된 눈물이었는데 눈물샘이 고장 난 건지. 이런 경우는 처음이라 랑은 당황스러웠지만 도하는 랑보다 더 당황했다.

"랑, 미안해. 내 말은 그런 뜻이 아니었어."

"알았어."

"랑, 저기……"

도하는 침통한 표정으로 입을 움찔거렸다. 조용히 도하의 말을 기다리며 랑은 속으로 약간의 쾌재를 불렀다. 무표정한 도하의 얼굴에 생기는 다양한 표정을 발전이라 생각하며. 물론 랑이 의도한 바는 아니었지만 말이다.

"난……."

"응. 천천히 말해."

"난…… 말하는 게 어려워."

"어떤 점에서?"

"내가 한 말이 다르게 받아들여지기도 하고, 사람들은 내가 생각하지 못한 데서 폭발하고. 난 사람들과 이야기하는 게 지뢰밭을 걷는 기분이야. 선뜻 한 발을 내딛기가……."

도하는 랑이 자기 말을 왜곡하고 확대해 눈물까지 보인 것을 폭발이라고 표현하는 건지도 모르겠다. 랑은 어떻게든 도하를 다독여야 했다.

"그럴 수 있어. 생각이 다른 사람들이고 서로의 감정을 건드리기 쉬우니까. 그래서 소통이 어려운 거지. 네가 지뢰밭이란 표현을 할 만해. 하지만 소통을 하기 위해 우리가 건너야 하는 그 길은 건너다 죽는 곳이 아니야. 살기 위한 거지. 강을 건너려면 발을 적셔야 하듯이 하드 타임을 겪어 이겨 내야 해. 더러 상처는 입겠지만 우리는 상처 때문에 더 단단해지고 강해지겠지. 웅크리고 건너지 않으면 영원히 웅크리고 있어야 할 거야."

"꼭 건너야 해? 다른 길로 갈 수도 있잖아."

"다른 길?"

"난 그쪽 능력이 부족하니까 굳이 사람들과 어울리지 않고도 다른 방법으로 살 수도 있다고 생각하거든."
"내가 느끼기에 넌 일시적인 소통 정지 상태야. 생겨 먹기를 그쪽으로 능력이 없는 게 아니라 일시적으로 정지된 것뿐이라고."
"이해가 안 가."
"쉽게 말해서, 애초부터 집을 지을 때 주방을 안 만든 집에선 밥을 해 먹을 수가 없겠지. 하지만 넌 그게 아니야. 주방도 있고 냄비, 오븐 등 온갖 종류의 도구들이 있어. 다만 넌 그것들을 쓸 생각을 안 하는 거지. 쓰는 방법도 모르고. 그러니 온기가 있을 턱이 없잖아? 이제 쓰면 돼. 지뢰밭을 건너서."
"왜 그렇게 생각해?"
그건 말할 수 없었다. 랑은 카피와 이야기하면서 도하가 무엇을 두려워하고 무엇 때문에 소통이 단절되었는지 알기 때문이다. 도하는 아빠의 실종에 크게 상처받고 마음의 문을 걸어 잠갔다. 커닝을 했다고 말할 수 없으니 아무 말이나 할밖에.
"난 알아."
"어떻게?"
"경험으로."
도하는 곰곰이 생각하는 것처럼 보인다. 불안해 보이는 도하를 랑은 도와주고 싶었다. 위로의 시작은 공감이라고 했다.
"도하."

"응?"

"너 지금 도망치고 싶지? 사람들과 이야기하면 카피처럼 편하지는 않을 거야."

"……."

"나도 그랬어. 사람들은 가만히 듣고 품어 주기만 하지 않으니까. 맘대로 판단하고 평가하며 자기 식대로 재단하지."

"……."

"그런데 그런 사람만 있는 건 아니거든. 내가 카피를 부정하자는 게 아니라, 사람은 카피와 다르다는 걸 너도 알았으면 좋겠어. 사람에겐 타인의 입장이 되어 볼 수 있는 능력이 있거든. 그건 상상할 줄 알기 때문이래."

랑은 이야기하면서 깨달았다. 자신이 악어의 눈물로 그치지 못하고 왜 뜨거운 눈물을 흘렸는지를. 그건 자신에게 상상하는 능력이 있어서 도하의 외로움을 공감했기 때문이다. 사람에게 다가서지 못하고 카피에게 마음을 전해야만 했던 도하의 입장을. 그렇다고 카피를 향한 도하의 마음을 부정하는 게 아니다. 랑이 말하고 싶은 건 로봇에게라도 흐를 수밖에 없는 인간이 가진 마음. 그것의 속성을 이야기하는 거다. 온기를 지닌 액체 같은 거라 늘 어딘가로 흐른다. 랑 역시 전엔 몰랐던 감정이다.

넓디넓은 사이버 세상을 헤매느라 자신의 내면을 들여다보지 못했을지도 모르겠다. 랑은 루이모가 보고 싶기도 하고 누구라고 할 것 없이, 무엇이라고 표현할 수조차 없는 그리움과 외로움이 랑의 가슴을 쓸어 대는 것 같다. 거친 쇠수세미로 여린 속살을 문대는 것처럼 아프게 말이다. 랑은 또 눈물이 나올 것 같아 도하와 헤어져 방으로 돌아왔다. 마음의 문은 안에서 열리는 거라고 했다. 밖에서 아무리 두들겨도 도하가 열지 않으면 아무 소용없으리라.

논나 이야기와 루이모에 대한 배신감에 랑은 한없이 가라앉는 기분인데 카피는 또 말을 건다.
"도하, 우울해?"
"응."
"오늘 있었던 이야길 해 봐. 들어 줄게."
"넌 들어도 몰라. 로봇이니까."
"알아듣게 이야기해 봐."
카피에게 화풀이를 하고 싶어진다.
"싫어. 넌 모르는 게 많아. 넌 내가 누구인지도 모르잖아."
"도하, 왜 그래?"
"넌 인간이 아니야. 근데 난 인간이라고!"
"알아. 그래도 난 네 친구야."
"친구? 웃기지 마. 넌 프로그램일 뿐이야."
"왜 그래?"

"넌 마음이 없잖아. 말랑말랑하고 어디로 튈지 모르는 마음. 1 더하기 1이 2지만은 않은, 몇이 될지 또 뭐가 될지 모르는 불가사의한 마음을 가진 게 인간이라고."

"도하, 음악 틀어 줄까?"

"아니!"

"네가 좋아하는 이야기해 줘?"

"됐어!"

"도하, 이러지 마. 로봇 학대야."

"얼씨구!"

카피를 상대로 심통을 부렸어도 마음이 가라앉지 않았다. 도하를 생각하면 논나 이야기가 한층 더 무겁게 랑의 숨통을 조여 온다. 루이모에게 연락이라도 할 수 있으면 좋겠지만, 과연 루이모에게 자신이 아는 의혹을 숨기고 편하게 대할 수 있을지도 겁난다.

이상하게 들썩이는 마음을 무시하기 위해 운동이나 할 생각으로 꼭대기 층의 체력 단련실로 올라갔다. 단련실은 24시간 개방인 걸로 아는데 무슨 일인지 불이 꺼져 있고 유리문은 닫혀 있었다. 유리문 안으로 자세히 보니 손잡이 부분에 '운동 기구 교체로 인한 폐실'이라고 쓰여 있다.

처음 와 본 단련실인데 하필 닫혀 있다니. 솔직히 운동을 좋아하지 않는 랑에게는 딱 맞는 우연이란 생각이 든다. 대신 계단 걷기 운동이라도 하려고 비상구 쪽 계단실 문을 열었다. 그런데 문은 열리지 않았고 문 뒤쪽에서 정체불명의 소리가 났다.

우당탕탕!

범상치 않은 소리라 계속 문을 밀어 봤지만 열리지 않았다.

"거기 무슨 일이에요?"

문을 두들겨도 아무런 대답은 없었다.

'공사라도 하는 건가?'

포기하고 엘리베이터를 타려다가 랑은 이상한 생각에 다시 계단실로 와 문을 밀어 봤다. 간발의 차였건만 신기하게도 문은 쉽게 열렸다. 계단실엔 아무도 없고 더스트 슈트의 쇠문만 약간씩 흔들리고 있었다. 그때 아래 층계참에서 발자국 소리가 들려 후다닥 뛰어갔지만 이미 아래층 문으로 나가 버린 뒤였다. 문고리를 잡고 가만히 있자니 사람은 없어도 알싸한 스킨 내음은 남아 있었다. 냄새는 주인을 따라 미처 빠져나가지 못한 모양이다. 그 내음은 랑에게 깊이 각인되었다.

랑은 방으로 돌아와 문을 열려다 문틈에 끼워져 있는 쪽지를 발견했다. 어찌나 작게 접혀 있던지 하마터면 못 볼 뻔했다. 랑은 떨리는 마음으로 종이를 폈다.

차익의 카피를 꼭 찾아 줘. 이곳에 있어.

'이게 무슨 소리지?'
랑은 눈이 동그래진다. 내용상 논나일 수밖에 없는 편지다.

금이 가다

꿈에서 아빠를 보기는 처음이다. 하늘을 평지 삼아 걷는 아빠를 보고 아우성쳤지만 아빠는 앞으로만 걸어간다. 도하는 아빠를 향해 뛴다. 하지만 아빠는 따라잡을 수 없을 만큼 멀리 가 구름 사이로 들어갔고, 도하는 눈앞에서 사라진 아빠를 아쉬워하며 소리 지르다 꿈에서 깼다. 깨자마자 도하는 중얼거렸다.

"간 건 간 거다."

오 음절로 떨어지는 꿈의 주제가 분명하게 와닿는다. 뒤이어 도하의 마음이 깃털처럼 가벼워지는 게 느껴졌다. 이제 아빠의 부재를 인정할 수 있다.

우주개발탐사 프로젝트팀의 연구 실장으로 일하던 아빠가 어느 날 사라졌다. 다들 아빠가 우주 탐사를 하러 로켓을 타고 어딘가로 갔다가 실종되었다고 하지만 현실적으로 가능하지 않다. 아빠는 연구를 하는 사람이지 로켓에 냉큼 올라탈 수 있는 인물은 아니기 때문이다. 하지만 도하의 머릿속에도 그런 영상이 남겨져 있다.

 우주 미아가 되어 비현실적인 공간을 떠도는 아빠의 모습. 어떤 식으로든 정리해서 도하의 마음에 넣어야 했으니까. 불분명한 사실은 고약하다. 끊임없는 상상을 불러들인다. 그리고 그 상상으로 인해 고통받게 된다. 제일 고약한 상상은 외출에서 돌아왔는데 집에 아빠가 있을지도 모른다는 미욱한 상상이다. 늘 실망으로 범벅이 되곤 하니까. 그런데 꿈을 꾸고 난 뒤 도하는 마침내 '끝'이 난 기분이다.

 엄마는 아빠의 실종에 대해 언론과 인터뷰하면서 말했었다. '아이의 미래를 위해, 인류를 위해 당신의 인생과 목숨까지 바친 분'이라고. 아빠의 업적을 칭송하는 사람들 앞에서 엄마는 내내 의연했다. 아니, 도하가 보기에 엄마는 의연 정도가 아니라 실종의 영광에 취한 사람 같았다. 누군가 엄마가 슬퍼하지 않기 위해서 또 도하를 위해서라고, 어른들은 마음에 없는 말을 하는 법이라고 변명하듯 설명해 줬지만 도하는 혼란스러웠다.

 '저게 기쁜 일일까? 인류의 미래를 위한 거창한 일이라고 해도 내게 아빠의 실종은 상실이고 복구가 안 될 심각한 훼손인데. 아침이면 아빠가 턱수염으로 간질여 잠을 깨던 내가 이젠 아빠의 온기를 어디서도 찾을 수 없어 힘들어하는데. 왜 나를 위한 거라고 하지? 인류의 미래가 그렇게 대단한 건가?'

도하가 아빠 이야기를 어렵게 꺼냈을 때 랑이 그랬다.

"그래서 네가 감정이 헷갈렸을지도 모르겠다. 슬픔을 슬픔으로 바라볼 시간이 없었을 테니까. 정말 힘들었구나."

토닥토닥, 랑의 손길 때문이었을까? 아팠던 감정이 도하 안에서 설 자리를 잃고 비척비척 나와 사라져 가는 것 같다. 그래서 비로소 아빠의 부재를 인정하게 된 꿈을 꾼 거란 결론이 섰다.

랑의 말대로 도하의 감정은 바닥에 떨어지지 못하고 공중을 떠도는 눈송이처럼 오래 헤매었다. 트라우마로 수동적이 된 사람들은 스스로의 감정을 마비시키고 삶을 한없이 단조롭고 무미건조하게 만들게 된다니 도하도 그랬던 것 같다. 그런데 얼마 전부터 도하는 자신을 들여다보게 되었다.

이곳에서 인터넷도 없이 오롯이 혼자인 시간이 많아졌기 때문일 수도 있겠지만 랑과의 대화가 자신을 들여다보게 되는 시발점이 되었다. 정말 그랬다. 세상에는 일어나기 전과 후로 나뉘는 일이 있다고 하는데, 도하는 랑과 대화를 나눈 날이 그랬다. 랑의 이야기는 큰 위안이 되었다. 속 깊은 종의 울림이 오랜 여운으로 남듯이 랑의 이야기가 오래 남아 뭉근하게 도하를 덥혔다.

'그럴 수 있어.' '나도 그랬어.' '넌 그냥 일시 정지된 거지, 잘못

되어 있는 게 아니야.' 랑의 말은 요정이 신비의 가루라도 뿌린 것처럼, 작동이 멈춘 도하의 마음에 '덜컥' 하면서 시동을 건 것 같았다.

 그날 이후 랑과의 만남은 흐르는 물처럼 자연스러워졌다. 소통 파트너로서만이 아니라 도하와 랑은 사이좋은 친구로 이야기를 나눴다. 도하는 잊고 살았던 아빠와의 추억도 되새겼고 엄마에게 닫힌 마음의 문도 열 수 있었다. 랑의 생각을 나누기도 하고 미처 깨닫지 못했던 문제들을 생각하면서 도하는 자신이 성장하고 있다는 걸 느꼈다. 손전등 하나만 들고 어둠 속을 더듬으며 부분만 비춰 보던 암흑의 시간은 지난 것 같았다.

 랑을 만난 뒤 굳게 닫혀 있던 자신의 세계가 금이 가고 있음을 느낀 도하는 처음엔 두려웠다. 하지만 곧 깨달았다. 그 균열은 붕괴의 조짐이 아니라 새로운 시작을 의미한다는 걸. 도하는 이제 세상과 접촉이 가능해진 걸지도 모른다. 닫힌 문을 열고 접점을 찾아 나서는 자신이 대견할 정도였다. 그렇게 하루하루를 막연한 기대감으로 설레며 맞이했는데 이상한 부분에서 방향이 뒤틀렸다.

 이른 새벽 호이가 찾아왔다. 방문 밖에 선 채로 호이가 말했다.
 "부탁 하나 하자."
 어제 팔을 다쳐서 깁스를 한 호이가 뭔가를 찾는 일을 도와달라는 거였다. 호이는 건물 뒤쪽 더스트 슈트가 있는 곳으로 도하를 데리고 갔다. 도하는 처음 와 보는 곳이었다. 아직 어둠이 채 가시기 전이라 잘 보이지는 않지만 그곳엔 정체불명의 비품이 쌓여 있고, 더스트 슈트 출구 옆쪽은 건물에서 나오는 쓰레기와 세탁물들이 너저분하게 모여 있었다.

"여긴 왜?"

"잃어버린 물건이 있는데 저렇게 세탁물들이 막혀 있어서 말이야."

체력 단련실 공사로 자동 시스템이 전체적으로 일시 정지가 된 상태라 어수선한 거라고 호이는 설명했다. 그러곤 커다란 꾸러미를 옮겨 줄 것을 부탁했다. 호이는 긴 막대를 들고 더스트 슈트 출구에 쌓인 쓰레기 앞에서 한손으로 뭔가를 찾는 눈치였다. 찾는 건 혼자 할 수 있다고 마다해서 도하는 멀찌감치 앉아 새벽 달을 감상했다. 호이는 한쪽을 뒤적거리고 다 끝나면 도하에게 꾸러미를 옮겨 달라고 하고 또 무얼 찾는 식이었다. 중요한 걸 잃었구나 싶었지만 도하는 그게 뭔지 묻지 않았다. 타인에 무관심한 것도 있지만 호이 일에 개입하고 싶지 않아서다.

어둑한 시간에 나왔는데 돌아갈 땐 날이 훤해졌다. 족히 1시간 이상은 뒤진 것 같다. 새벽잠을 설친 탓에 도하는 비몽사몽이건만 호이는 자꾸만 말을 시켰다. 나름 고마움의 표시인 듯 도하의 등에 손도 얹고 친한 척하면서 말이다.

"파트너십은 잘 돼?"

"그럭저럭."

"처음보다 이곳에 익숙해졌지?"

"응."

"랑이란 애하고는 말이 잘 통하니?"

랑에 대해서는 호이에게 말하고 싶지 않았다. 도하는 일부러 화제를 돌렸다.

"그냥 그래. 호이, 네 설득 과제는 성공적으로 끝난 거야?"

"그렇다고 볼 수 있지. 뭐, 충전 대용이니까. 감정 학습의 대상으로 로봇은 충분하지 않거든."

"충전 대용? 사람을 상대로 심리 충전, 용기 충전, 애정 충전?"

"하하하! 그래 맞아. 애정 충전, 그것도 가능하지. 이제 세상을 움직이는 힘은 인간의 노동보다는 새로운 알고리즘과 로봇, 인공 지능을 창조하는 자본과 기술에 의해 새롭게 재편되고 있어. 인간의 노동력 없이도 새로운 질서와 권력이 얼마든지 가능하다고."

"그럼, 충전이 권력을 위한 거야?"

"그렇지. 도하, 서열 사회는 당연한 거야. 갈수록 더 심해질걸? 세상이 왜 네 개의 존으로 나뉘겠어? 그건 초식동물과 육식동물을 갈라놓는 것과 같아. 이제 사회는 자연 상태에서 서로 각축을 벌이며 적자생존을 도모하는 정글의 법칙으로 운용되지 않아."

도하는 호이가 말한 '충전 대용'이란 표현이 거슬려서 비아냥한 건데 호이는 다르게 받아들인 모양이다. 호이는 도하와 자신이 원자녀 출신이란 것에 지나치게 동질화하는 것 같다. 도하는 호이의 말이 거슬렸지만 반박하지 않았다. 졸립고 배도 고픈데 말이 더 길어지는 게 싫었으니까.

도하는 아침 식사까지는 시간이 남았으니 눈을 붙일 요량으로 침대에 누웠다. 하지만 잠이 오지 않아 뒤척이다 호이의 손전등을 두고 왔다는 게 떠올랐다. 도하는 허겁지겁 더스트 슈트로 내려가 손전등을 찾아들고는 호이의 방으로 갔다. 마침 호이는 왼팔로 머리를 감느라 애썼는데, 그 모습이 힘겨워 보여 도하는 호이의 머리를 감기고 내친김에 로션 바르는 일과 세탁물 처리까지 도왔다.

그렇게 호이 방 코너에 있는 옷장을 열다가 도하는 창밖의 무언가를 발견했다. 호이 방은 14층인데 10층 건물 외관 장식용 테라스 바닥에 은색 사물이 걸쳐 있는 게 보였다. 얼핏 보면 비둘기 시체 같지만 틀림없는 애완 로봇 카피의 일부다.

"호이, 이리 와 봐. 저거 보여?"

도하의 말에 밖을 본 호이가 큰 소리로 웃기 시작했다.

"하하하, 괜한 일을 했군."

그리곤 확인 사살이라도 하려는 듯 망원경까지 가져왔다.

"호이, 저게 왜 저기 있지?"

"얼마 전에 실족한 아이가 가지고 있던 카피가 분명해."

도하는 묘한 기분이 들었다. 누군가의 카피, 도하가 느끼는 카피의 비중과는 다르겠지만, 주인과 같이 낙하할 수밖에 없었던 카피의 운명을 떠올리니 기분이 좋지는 않았다. 헤라라는 아이는 모르지만 그날의 기억이 떠오르면서 더욱 음침한 기분으로 번졌다. 호이는 뭐가 그리 좋은지 웃어 대며 알 수 없는 혼잣말을 했다.

"하하하, 괘씸하게 나를 속이려 들어?"

호이의 웃음소리는 괴기했다. 새벽부터 호이의 부탁에 움직인 자신에 후회가 들 정도다. 그것이 사람이든 카피든 일종의 사체를 보고 웃을 수 있다는 게 싫었다. 그리고 도하는 자기 방에 있는 카피, 랑의 것일지도 모를 카피 이야기를 오늘은 랑에게 꼭 해야겠다는 생각이 들었다. 그게 누구의 것이든 이젠 주인을 찾아 줘야 한다는 생각이 카피의 사체를 보면서 더욱 짙어졌다. 적어도 호이와 같은 사람은 되고 싶지 않다는 느낌도 있었다.

아침 식사 후, 파트너십 수업을 위해 휴게실에서 랑을 기다렸다. 휴게실로 가는 내내, 소파에 앉아 있을 때도 도하는 심장의 이상 징후를 감지했다. 정상적인 속도가 아니어서 도하는 새벽녘에 설친 잠 때문이라고 스스로를 진단해 본다.

 카페인 과다 섭취의 떨림과도 같은 심장 박동, 동반되는 묘한 떨림까지. 랑이 자리에 앉았을 때 심장 박동은 최고조를 달렸다. 하지만 몇 마디를 채 나누기도 전에 랑은 오늘 미팅을 연기하자고 했다. 몸이 안 좋아서라는데 아닌 게 아니라 랑의 얼굴은 경직되어 보였다. 그렇게 랑과 헤어져 방으로 돌아오는데 마음 한구석이 허전하기 짝이 없었다. 그때 도하는 알았다. 심장 박동은 신체의 오작동이 아니라 마음의 일이었단 것을. 그렇게 허전함으로 긴 오후를 보내자니 도하는 힘이 들었다. 이건 또 다른 금단 현상이란 느낌이 들었다.

설득력 있는 의구심

 이번엔 논나다. 논나의 행방이 묘연하다. 논나 스스로 이곳을 나갔다면 인사도 없이 갈 리는 없다. 쪽지, 이곳에 차익의 카피가 있으니 찾으라던 쪽지는 논나의 행방과 관련이 있으리라. 차익이 없어지면서 카피에 대한 기대를 접었던 논나가 다시 카피를 찾기 시작한 게 문제가 되었던 걸까?
 랑은 본능적으로 체력 단련실 계단가에서 들렸던 소리가 의심스러워졌다. 쇠가 부딪치는 소리, 여자의 비명소리 같은 게 들렸었다.
 '혹시 논나?'
 다음 날 아침 식사 전, 아이들이 움직이기 전에 그곳으로 다시 올라갔다. 더스트 슈트 앞에서 슈트의 손잡이를 잡고 흔들어 보니 그때 들었던 소리가 떠오른다. 뒤이어 머릿속에 그려지는 장면에 집중해 본다. 더스트 슈트 앞에서의 두 사람의 실랑이가 연상된다.

'대체 누구지? 논나였을까? 또 한 명은?'

그곳에서 실랑이를 벌였다는 건 더스트 슈트에 볼일이 있었기 때문일 텐데……. 더스트 슈트를 열어젖힌 채 한참 있자니, 밑에서 올라오는 바깥 공기가 느껴졌다. 특유의 역한 내음과 함께.

"냄새가 올라온다는 건 역으로 이곳에서 무언가를 던질 수도 있단 건데?"

랑은 가설을 만들기 위해 창밖으로 건물 아래를 내려다봤다. 그 시각 우연의 일치인 듯, 더스트 슈트가 끝나는 출구 앞에 누군가 서 있는 게 보였다.

도하다. 도하 특유의 어눌한 걸음걸이가 눈에 도드라지게 들어와 잘못 본 거라고는 생각할 수 없다. 랑이 이 시간에 이곳에 있는 게 자연스러운 일이 아니듯, 도하가 저곳에 있는 것 또한 자연스러운 일이 아니라서 랑은 의아했다. 도하는 만사에 무관심한 아이다. 그런데 이 시간에 저곳을 어슬렁거리는 게 이상할 달밖에.

'왜 도하가 저기에?'

이런 의구심 안쪽엔 도하에 대한 반가움도 있다. 하지만 파트너십 미팅 때 묻기로 하고 랑은 의무실로 가 본다. 물론 의무실은 출입이 가능하지 않아 들어가지 못한다. 그래도 굳게 닫힌 문 뒤로 혹시 논나가 있는 건 아닐까 잠시 서성거린다. 서성거린다고 논나의 행방이 확인될 리는 없지만 그래도 수확은 있었다. 의무실이 있는 층 화장실에서 시리를 만났다. 친한 사이가 아니라서 그냥 지나치다 랑은 이상한 생각이 들었다.

'굳이 의무실만 있는 곳의 화장실을 사용하는 건 뭘까?'

이런 의심은 랑만 한 게 아니었다. 시리가 갑자기 돌아보며 랑에게 물었다.

"넌 왜 여기 있어?"

"그러는 넌?"

랑의 질문에 시리는 선뜻 대답하지 않고 애써 무표정을 내보였지만 랑이 보기에 시리는 불안해 보였다.

"난 내 친구 때문에."

랑은 그냥 한번 질러 봤다.

"논나?"

그제야 시리는 숨을 내몰아 쉰다.

시리는 논나의 부탁으로 자기 파트너인 김준이 가진 로봇 카피에 차익의 번호를 대고 친구 찾기를 해 봤단다. 그랬는데 놀랍게도 이테크 스쿨 안에 차익의 카피가 있는 걸로 나왔다. 그 사실을 알고 논나는 뛸 듯이 좋아했는데 그 뒤로 논나가 안 보인다는 거였다.

"논나가 내 방에 메모를 남겼어. 그럼, 그 뒤로 없어진 거네?"

"그러게."

논나는 차익의 카피를 찾아 움직였으리라. 카피의 검색에서는 학교 안까지만 나왔다고 하니 모든 층을 뒤지고 다녔을라나? 논나는 그 과정 중에 문제가 생긴 것 같은데……. 더 이상 추측이 안 된다. 시리에게 더 아는 게 없냐고 물어도 논나 걱정만 할 뿐 더 이상은 입을 떼려 하지 않았다. 그렇게 시리와 헤어져 랑은 도하와 파트너십을 하기 위해 내려갔다. 도하에게 이야기하면 도와주리라는 믿음이 있어 의논해 볼 생각이었다. 도하는 호이와 다르니까. 논나에게 들은 이야기, 그간의 일들을 전부 이야기해야 할 테니 논나가 쓴 쪽지도 보여 주려고 챙겨 들고 내려갔다. 도하를 만나기 전의 설레이는 마음도 같이 버무려서.

도하와 마주 앉는 순간, 랑의 마음은 일순간에 뒤집혔다. 뭐라 설명할 수 없는 불안감에 휩싸였는데 그 불안의 원인이 무엇인지 알기에 랑은 어째야 할지 몰랐다.

도하 앞에서 어떤 표정을 해야 할지 곤혹스러웠는데, 이유는 도하에게서 나는 스킨 내음 때문이다. 틀림없이 더스트 슈트 앞에서 실랑이가 끝난 뒤 사라진 사람에게서 난 향이었다. 랑은 부인하고 싶지만 향에 대한 기억은 치명적으로 분명했다. 물에 빠져 꼴깍꼴깍 물을 먹고 있는 기분이다. 랑은 익사당하지 않기 위해 정신을 차리려 애쓴다. 그 내음에 이어 더스트 슈트 출구 아래서 서성이던 도하의 모습까지. 도하가 왜 그곳에 있었는지를 선뜻 물어볼 수가 없었다. 어떤 대답을 들을지도 두렵지만, 지금 랑에게 드는 의심이 있는 한 섣부른 질문은 바람직한 일이 아니니까. 그건 랑이 호이에게 달려가 따지지 않는 것과 같은 논리다.

도하와 의논할 수 없다는 게 안타깝다. 랑은 몸이 안 좋다는 핑계를 대고 도하와 헤어졌다. 허적허적, 발걸음 아래로 땅이 닿지 않는 것 같아 힘들게 걸어야 했다. 그러면서도 한편으론 랑은 후회가 된다.

'도하에게 확인했어야 하는 거 아닐까?'

하지만 냄새가 너무나 선명해서 후회는 바로 접게 된다. 랑은 차근차근 생각해 보기로 했다. 도하에 대한 믿음은 여전하지만 그렇지 않다는 정황들이 어찌 보면 현실에 더 가깝다. 그 내음, 그 모습, 랑을 향해 사이보그라면서 원가족이 아닌 아이들을 비하했던 이야기. 비하가 아니란 걸 알지만 지금은 서로 다르게 분류되어 있다. 랑은 불신의 싹이 틔어졌다. 도하도 호이와 크게 다를 바 없을 거라는.

논나가 도하에게 도움을 청했다가 거절당했다는 이야기도 기억난다. 헤라에 이어 논나, 사라지는 아이들은 랑과 같은 입장의 아이들이다. 그렉 호이나 장도하는 원가족, U1 출신들이다. 그들과 우리 사이엔 선이 그어져 있다. 설사 도하가 랑이 의심하는 혐의점에서 벗어난다 해도 랑과는 다를 수밖에 없다. 입장이 다르면 사실을 보는 눈도 다른 게 사람이니까.

 오후 나절부터는 논나를 찾을 필요가 없었다. 홀로그램 워치에 논나의 이름이 떴다.

불미스런 행동에 의한 퇴교 조치

 랑은 사무실로 가서 물었지만 홀로그램에 나온 그대로일 뿐이란 야멸찬 대답만 들었다. 자세한 내용을 알고 싶다는 말에 '프라이버시 침해'라고 답했다.
 새장에 갇힌 새. 논나의 말이 떠오른다. 랑은 슬펐지만 슬퍼하고만 있을 수는 없다. 슬퍼서 자연스럽게 가족인 루이모를 떠올렸지만 루이모는 도움이 안 된다. 그래서 더 슬프다. 같은 일이 반복된다는 건 이 구조가 견고하다는 것이고, 또 같은 일이 계속될 거란 이야기다. 그렇다면 랑이나 시리도 같은 일로 휘둘리게 될 거다. 구조적인 차별은 정신을 차리고 의식하지 않으면 자연스러운 일상이다.
 랑은 A군 아이들에게만 자연스럽게 접근했다. 개인적인 호감을 표현하는 척하면서 이런저런 이야기를 나눴는데 A군 아이들이 하나같이 랑과 똑같은 이력이라 깜짝 놀랐다. 공동육아시설에서 태어나고 자라 D타워를 거쳐 재생가족으로 합류하면서 AR존의 경험을 가졌다는 건 우연의 일치라고 보기엔 쉬운 일은 아니다. AR존은 전국적으로 세 곳밖에 없고 수적으로도 그리 많은 인원을 수용하는 곳이 아니기 때문이다.

'뭐지?'

의혹이 가닥가닥 뻗어 올라 랑의 머리를 세게 친다.

랑은 시리를 찾아갔다. 공개 강의실에 있는 시리를 발견하고 랑은 다가가 앉았다. 하지만 시리의 태도가 이상했다. 랑이 묻는 말에 애먼 소리만 하는 걸 보고 랑은 감지했다. 논나의 퇴교 조치에 시리도 놀랐으리라. 공포에서 비롯된 반응이라기엔 너무 과장된 행동이라 랑도 더 묻지 않고 기다렸다. 시리는 수업 중간에 앞으로 굴러간 펜을 줍는 척하면서 자기 노트를 슬쩍 밀었다.

감시당하고 있어.

랑은 재빠르게 노트의 글자를 읽고 감췄다. 그러자 이번엔 시리가 한손으론 자기 턱을 고이고 나머지 한손으로 손가락 춤이라도 추듯이 책 속의 글자들을 하나씩 짚기 시작했다.

디. 존. 으. 로. 쫓. 겨. 갔. 어. 호. 이. 성. 폭. 행. 억. 울.

시리가 이렇게 의사 표현을 하는 건 감시하에 있다는 거다. 감시 주체가 빅데이터라면 생각만으로도 오금이 저려 온다. 더 이상의 행동은 조심스러워 랑은 수업에 열중하는 척했지만 마음에서부터 끓어오르는 분노에 얼굴이 뜨거워졌다. 쉬는 시간에 시리는 자기 파우치에서 아이펜슬을 꺼내 흔들더니만 랑의 얼굴을 뚫어져라 보면서 말했다.

"너 눈썹이 잘못 그려졌는데 고쳐 줄까?"

랑은 시리의 의도를 알아채고 일부러 콧소리를 내며 말했다.

"그래, 해 줘."

"거울이 없는데…… 눈썹 산도 다듬게 화장실로 가자."

빅테이터의 감시는 화장실이라고 해도 자유롭지 못할 텐데 어쩌려는 건가 했더니만 시리는 고수처럼 대비책을 가지고 있었다. 시리는 가방에서 작은 이어폰을 두 개 꺼냈다. 음소거 이어폰이라고 했다. 상대에게만 소리가 전달되게 하는 일명 '귓속말 이어폰'이라며. 화장실엔 CCTV는 없는 대신 소리만 녹음이 되기 때문에 이걸 쓰면 대화가 자유롭다고 했다. 놀라운 일이다.

시리와 헤어진 뒤 랑은 도서관에 왔다. 랑의 맞은편 창에는 사서의 모습이 비친다. 실루엣만 보이는 거라 미세한 동작까지는 파악이 안 되지만 사서가 자리를 비우는 정도는 알 수 있다. 하지만 다리에 힘이 풀려서 일어날 기운이 없다. 그래도 랑이 이

자리에 앉아 맞은편 창을 뚫어져라 보는 건 사서의 행동 패턴을 읽기 위함이다. 기회를 노리고 적당한 때 주먹을 내지르는 건 중요한 일이니까. 언젠가 기회가 왔을 때, 그게 언제일지는 모르겠으나 헤라가 말했다는 웹 사이트에 들어가서 '이곳의 일들을 알려 보리라'는 각오로 앉아 있는 거다.

시리의 이야기는 충격적이었다. 거대한 패턴 안에 A군 아이들이 체스 말처럼 움직여지는 걸지도 모른다고 어렴풋이 추측은 했지만, 그들의 계획 속에 우리의 삶을 통째로 넣고 휘두르고 있었다고는 상상도 못 했다.

루이모의 정체도 믿을 수 없을 만큼 충격적이었다. 미니멀리스트로서 AR존에 산다던 루이모의 말은 거짓이었다. 오로지 증강 현실을 활용해서 인간을 효율적으로 개조시키기 위해 AR존에 살면서 랑을 불러들였던 것이다. 우리는 원자녀들의 감정 학습용으로 활용되고 있었던 건데 일종의 주문 제작처럼 원자녀 아이들의 기질에 맞게 교육시키기 위해 AR존으로 입양시킨 거라고 했다.

우리를 AR존에 살게 하는 건 가상 현실 프로그램을 체험함으로써 우리 뇌의 인지 기능을 자극해서 소통 파트너들에게 유리한 부분을 계발하는 게 취지였다고. 인간의 대뇌는 새로운 자극이나 경험에 맞춰 기능과 구성을 동적으로 변화시킬 수 있기 때문이다.

'스프링처럼 튀어오르는 나의 탱글탱글한 욕구는 원자녀들의 감정 계발에 쓰일 원자재였단 말인가?'

 오렌지 주스를 만들기 위해 돌아가는 컨베이어 벨트에 놓인 주황 오렌지가 뭉개지는 장면이 연상된다.

 어디서부터 어디까지가 진실일지 정리가 안 된다. 시리는 헤라에게 들어서 오래전부터 알고 있었다고 한다. 하지만 헤라의 죽음을 보고 함구하기로 맘먹었고, 논나도 그러기를 바랐는데 논나마저 쫓겨 가는 걸 보고 랑에게 말해 주는 거라고.

 시리는 랑에게 분명하게 말했다.

 "A군 중에 이 사실을 알고 있는 사람은 나뿐이야. 이제 너까지 둘이네. 난 이 사실을 알지만 모르는 척 있다가 나갈 거야. 뭐, 이곳 생활이 크게 치명적인 것도 아니고 논나처럼 내가 피해를 본 것도 아니거든. 난 논나처럼 쫓겨나기 싫어. 다만 지금 네가 궁금해하는 사실을 이야기해 주는 건 괜히 논나처럼 날뛰지 말라는 경고의 차원에서야. 알았지? 명심해 줘."

 "그런 게 어딨어?"

 "있고 없고가 어딨어? 이건 내 선택이야."

 "다 알면서 아무것도 하지 않을 거라고?"

 "응. 바위에서 깨지는 계란으로 인생을 마감하고 싶지 않으니까."

 "누군가 멈추지 않으면 처참하게 깨짐을 당하는 일은 계속될 거야."

"랑, 불평등이 쉽게 없어질까? 난 내가 거대한 물줄기를 틀 수 있는 사람이라고 생각 안 해. 내 선택을 존중해 줘. 그리고 날 끌고 들어가려고 하면 난 가만 안 있어. 내가 깨지는 계란이 되기 싫다는 의지와 일맥상통하는 거니까. 그러니 아까처럼 불쑥불쑥 말 거는 행동은 일체 사절이야."

"대단하네! 결국 강자한텐 약하고 약자한텐 강한 거잖아?"

"지금은 그럴 수밖에 없어. 차익의 카피도 못 찾았잖아? 증거도 없이 날뛰다 파리 목숨이 되고 싶진 않다고."

그러곤 시리는 괜찮다는 랑을 힘으로 제압하고 눈썹을 다시 그려 줬다. 살겠다는 의지가 강한 애답게 눈썹 그리는 솜씨도 일품이었다.

도서관 유리에 반사되는 자신을 보면서 랑은 스스로에게 물었다.

'랑! 네가 물줄기를 틀 힘이 있다고 믿니?'

'모르겠어.'

'그럼 어쩔 건데?'

혼자서 자문자답해 봐야 넋두리에 불과하다. 넋두리는 아무런 동력이 없다. 둘 중 하나를 선택해야 한다. 시리의 길을 따라갈 건지 반대 방향으로 갈지. 시리에게 들은 이야기는 없었던 일로 하기엔 너무 충격적이다. 마치 바다에 뜬 하얀 스티로폼 부표처럼, 가벼운 듯하나 존재감은 확실한 것처럼, 아무리 힘을 주고 내리 눌러도 절대 가라앉지 않고 떠오를 그런 부표 같은 이야기였다.

시리에게 듣기로 논나는 이곳의 부조리와 호이의 만행을 노트에 적어서 더스트 슈트에 날렸다고 한다. 그곳이 유일하게 외부로 나가는 세탁물과 쓰레기가 있는 곳이므로 누군가는 그걸 발견하리라 생각한 거다. 그렇게 한다 해도 잘나가는 정치가의 아들인 호이의 비리가 만천하에 드러나기는 쉬운 일이 아니다. 정의의 사도가 발견해야 어딘가에 노출시킬 텐데, 세상에 정의의 사도는 그리 많지가 않다. 폐기물을 치우는 노동은 거의 기계들이 하기에 사람 눈에 띄기조차 어려울지도 모른다. 그래도 논나는 가만히 있을 수 없었을 것이다.

논나는 '그린버그 커뮤니티'가 발견하길 기도하는 마음으로 노트 표지엔 '그린버그에게 전해 주세요'라고 적었다고 한다.

그린버그(Green Bug)는 '인간성 회복을 위한 초록 벌레'로 작고 미약하지만 살아 움직이는 것이라 결국은 비인간적인 모든 것들을 파괴하는 시작이 될 거란 생각으로 모인 커뮤니티란다. 컴퓨터 프로그램이나 시스템의 착오를 버그라고 하듯, 오늘날 인류가 과학 발전에 의존하면서 비인간적인 시스템을 구축하고 있는데, 넘치는 과학 기술에 오류를 일으키게 하는 게 '그린버그'라고 주장한단다. G존 사람들과 뜻있는 사람들끼리 만든 '좋은 흐름' 운동으로 그린버그라는 웹 사이트도 있다고.

"작은 균열이 거대한 건물을 무너뜨리듯이 작은 벌레 그린버그는 비인간적인 시스템에 오류를 일으켜서 인간적인 세상을 만드는 데 기여할 거야. 우리들의 이로운 세계를 만들기 위해서."

그 이야기를 할 때 논나의 눈빛이 너무나 형형해서 하마터면 자기도 합세할 뻔했다고 시리는 농담까지 했다. 그러면서 논나는 D존으로 쫓겨났고, 논나의 글들은 하찮은 종잇조각이 되었으니 랑에게 나대지 말라고 경고했다.

하지만 시리의 이야기를 듣고 있자니 랑은 하늘을 나는 그린 버그의 장렬한 행렬이 그려져서 눈이 부실 지경이다. 까만 밤하늘을 수놓은 반짝이는 초록 벌레들의 화려한 군무. 시리의 경고에도 불구하고 랑의 가슴에는 반딧불이처럼 반짝이는 그린버그의 행렬이 살아 움직인다. 하늘에서 폭죽이 터져 내릴 때의 우아함처럼 지금은 다소 비현실적으로 보인다 할지라도 그것들은 세상에 내려 어디서든 선한 싹을 틔우고 꽃을 피우리라.

미래를 위한 비행

도하는 랑이 자신을 피하는 것 같아 우울하다. 랑은 아무 일도 없다고 하지만 무슨 일이 있는 게 분명하다. 몸이 안 좋아서, 바쁜 일이 생겨서 나중에 등의 이런저런 변명이 많아진다.
'대체 무슨 일일까?'
도하는 자신이 무슨 실수를 한 건가 걱정된다. 또 도하를 불편하게 하는 중요한 사실이 하나 있는데, 그건 자신의 마음이 늘 랑에게 향해 있다는 걸 깨달았기 때문이다. 마치 랑과 자신 사이에 보이지 않는 선이 연결되어 있는 기분이다. 그래서인지 랑이 안 보이면 도하의 마음은 랑에게 끌려가 온전한 상태로 있기가 힘들다.

한마디로 마음이 늘 편치 않다. 랑이 눈앞에 있으면 있는 대로, 없으면 없기에 마음은 불안에 들썩이게 된다. 그렇다고 랑이 도하를 본격적으로 피하는 건 아니다. 뭔가 랑과 자신 사이에 비밀 같은 게 있는 느낌이다. 물론 랑은 말했다. '개인적인 일이니 기회가 닿을 때 이야기하겠다'고. 랑의 말을 믿지만 섭섭한 마음도 든다.

며칠 전 일도 그랬다. 그날 도하의 엄마가 왔었다. 천체우주과학 기념회에서 큰 행사를 하는데 아빠의 업적을 기리는 파트에서 도하가 아빠를 회고하는 글과 업적을 낭독해야 하기에 도하의 원고가 필요해서였다. 아빠가 남긴 일기 형식의 과학 에세이도 손봐야 해서 엄마가 왔었는데 그 소식을 들은 랑이 간곡하게 부탁해서 랑을 몰래 사무실에 들어오게 했다. 도하가 엄마와 원고를 고치고 있을 때 랑은 사무실 안쪽에 있는 컴퓨터를 쓴 것 같았다. 컴퓨터를 쓰고 싶어 하는 건 이곳 아이들의 최대 희망 사항이므로. 도하는 랑에게 그런 혜택을 줄 수 있다는 것에 처음으로 원자녀에 대한 자부심을 가졌다. 엄마의 눈을 피해 랑을 내보낼 때는 스릴마저 느꼈다.

그때 랑과 도하는 비밀 동지처럼 서로를 보며 환하게 웃었는데, 그다음 날부터 랑은 또 입을 다물었다. 랑의 주변에 이상한 기운이 맴도는 것처럼, 혹은 랑의 주변에 거대한 막이 처진 것처럼 냉랭하기만 해서 답답했다.

도하는 새롭게 깨달은 사실도 있었는데 언젠가부터 카피를 잊고 지냈다는 것이다. 카피가 자기 게 아니어서이기도 하지만 적합한 변명은 아닌 것 같다. 꺼져 있는 카피만 만져도 마음이 안정되었던 때가 있었기 때문이다. 뭔가 마음 한구석이 스산한데 카피에게 미안해서라기보다는 자신이 랑의 노예가 된 기분이 들어서다. 좋지만 싫고, 싫지만 좋기도 한 묘하고도 아이러니한 상태, 도하는 랑 때문에 제 마음이 계속 들썩여진다면 노예나 다름없는 게 아닌가 싶어졌다.

엄마는 도하가 밝아졌고 말도 잘한다고 좋아했는데 도하의 전부를 모르고 하는 말이다. 아무튼 세상엔 다 좋은 건 없단 말이 진리인 것 같다. 시소처럼 한쪽이 올라가면 한쪽이 내려가니 말이다.

"도하! 도하!"

호이가 방문을 차며 다급하게 부른다. 문을 여니 호이는 다짜고짜 멱살부터 잡았다.

"너야?"

"뭐가?"

"IP 주소가 도서관이라던데 네가 너희 엄마랑 거기 있었다며?"

"무슨 소리야?"

"네가 한 짓이 뭔지 알아? 네 눈을 네 손으로 찌른 거야. 자식아!"

어찌나 쏘아 대는지 말을 자를 수도 없었다. 급기야 호이는 자기 분에 못 이겨 도하를 한 대 쳤다. 쉽게 가라앉을 주먹질이 아니어서 도하는 상황을 진정시킬 작정으로 호이를 바닥에 패대기쳤다. 힘으로나 덩치로나 도하를 당할 수 없다는 걸 모르지 않았을 텐데 왜 저렇게 흥분한 건지 일단 들어보기로 했다. 사실 호이가 IP 운운할 때 감은 왔었다.

'랑이 무언가를 했구나.'

도하는 랑을 보호해야 하기에 모른 척할 수밖에 없었다.

"뭔데?"

도하가 직접 본 게 아니니 호이의 말을 다 믿어야 할지는 미지수지만 큰 줄거리는 이곳의 문제점을 누군가가 인터넷에 올렸다는 거다. 그게 빠른 속도로 퍼져 나가 실시간 검색어 순위에 이테크 스쿨이 올랐단다.

"네가 아니라고? 하긴 바보가 아닌 다음에야 그런 일을 했을 리 만무하고."

호이는 한참 도하를 쏘아보더니 말한다.

"랑이야?"

도하는 답할 수 없어 그냥 서 있었다.

"니들 무슨 사이냐?"

호이는 빈정대는 말투로 물었다.

"호이, 이곳의 뭐가 세간의 집중을 받는다는 거야?"

"뭐가 있겠어? 이곳에 있는 네가 다 알 텐데."

"A군 애들이 Assist로 존재하는 거?"

"다 아네."

그게 전부가 아닐 거란 생각은 들었지만 호이에게서 들을 내용이 더 없다는 것도 알 것 같았다. 호이와 관련된 일이리라. 그렇지 않고서는 호이가 저렇게 발 벗고 나설 캐릭터가 아니다.

"넌 어디서 들은 거야? 너도 인터넷은 못 볼 텐데?"

"관리실이 난리가 났거든. 어차피 증거도 없고 적당히 관리 차원에서 무마될 거라 큰 문제는 아니지만 이곳에서 몰래 인터넷에 올린 애는 처벌을 받겠지? 아마 최고형을 받을 거야."

"최고형?"

"D존으로 쫓겨나겠지. 논나처럼."

"뭐? 논나가 언제?"

"날 협박하다가 쫓겨났지. 난 간다. 네 파트너에게 잘 전해 줘라."

도하는 급히 랑을 찾으려 나서려는데, 다행히 랑이 도하에게 오고 있었다. 도하가 호이에게 들은 이야기를 하자, 랑은 담담하게 그간의 이야기를 했다.

"사실 널 의심했어. 그래서 널 피한 건데 나중에 오해란 걸 알았지. 호이가 깁스한 걸 뒤늦게 발견했고, 호이에게도 같은 향이

나서 추궁하다 논나와 실랑이한 게 호이란 걸 알았어. 오해는 풀었지만 넌 A군이 아니라서……."

그렇게 시작된 랑의 이야기에 도하는 경악을 금치 못했다. 하긴 랑이 별것도 아닌 일에 위험을 감수하지는 않았겠지만, 상상을 뛰어넘는 내용이라 황당할 정도였다. 사람을 도구로 쓰려고 하다니.

'그들이 꿈꾸는 미래는 소수를 위한 미래인가?'

호이가 서열 사회는 당연한 거라고 한 게 떠올랐다. 호이만의 생각이 아니라 이곳을 만든 사람들의 세계관이었던 거다. 그래도 호이가 성폭행까지 했다니 놀라웠다. 애정 충전이라는 말이 재밌다며 미소를 짓던 호이가 떠올라 소름 끼쳤다.

"호이가 논나를 그랬단 게 진짜야?"

"어."

"나쁜 놈이네. 그래 놓고는 증거가 없다고 큰소리치다니!"

"그러게."

"근데 랑, 이게 너란 게 알려지면……."

"알아."

"그럼 어떻게 해?"

"내겐 증거가 있어."

"무슨?"

"호이가 없다고 큰소리치지만 분명 있어. 그걸로 딜을 해야지."

"증거가 있어? 뭔데?"

랑은 눈을 깜박이더니 말한다.

"미안해."

"뭐?"

"그게…… 너희한테는 말할 수 없어."

"내가 M군이라서?"

"……."

"알았어. 그래도 그렇게 '너희'라고 편을 갈라 말하지는 마."

도하는 섭섭한 마음을 감출 수가 없다.

'우리의 관계가 이렇게 허약한 건가?'

도하의 마음 어딘가가 묵직하게 눌려 아프다.

"미안! 나 때문에 너도 편치 않겠다. 근데 어쩔 수 없었어. 인터넷을 쓸 수 있는 방법이 없었고, 밖에 알리는 것 외엔 할 수 있는 게 없어서 말야."

"그래. 이해해."

한편으로 도하는 논나도 쫓겨나고 없는데 이렇게 터뜨려서 랑이 위험에 빠질 필요가 있나 싶기도 했다. 좀더 신중했어야 한다는 생각에 은근 랑이 원망스럽기까지 했다.

"하지만 랑, 너무 위험하잖아. 가만있을 수는 없었어?"

"뭐야? 이해한다더니?"

"아니, 내 말은 좀더 우회적인 방법을 찾았어야 한다는 거야.

단발에 터뜨릴 수 있었던 대신 넌 한순간에 표적이 되었다고. 잘못하면 너만 피해 보고 이 문제는 다시 묻힐 수도 있어."

"난…… 그냥 있을 수 없었어. 루이모에 대한 배신감도 컸고 헤라와 논나를 생각하면, 뭐라도 하지 않으면 내가 살아 있는 사람이 아닌 것 같았어. 논나가 시도했던 그린버그도 나를 부추겼고."

"그린버그?"

"사람들이 지어 놓은 탐욕의 성을 작은 초록 벌레, 그린버그가 부술 수 있는 단초가 될 거라는 말을 믿고 싶었어."

비상의 상황이 아니었다면 랑의 말이 그럴싸하게 들렸을 것이다. 머잖아 거대한 태풍을 맞이할 게 뻔해서 지금 듣기엔 적절한 말은 아닌 것 같았다.

"랑, 그린버그의 존재를 부인하는 건 아니지만…… 선의만으로 세상이 바뀌지는 않아."

"알아, 하지만 시작 없는 끝은 없어."

"여튼, 지금부터 어떻게 할지를 생각해 보자."

"그래, 내 생각엔……."

하지만 더 이상 생각할 시간은 없었다. 호이와 루이모가 들이닥쳤고 제복을 입은 두 남자도 버티고 서 있었다. 랑의 시선은 루이모에게 가 있다. 랑은 눈물이 그렁그렁해서는 소리쳤다.

"루이모!"

"그래, 랑. 오랜만이네. 볼살이 조금 빠진 거 같구나?"

루이모란 사람은 길 가다 만난 사람들이 나눌 법한 말을 평온한 태도로 건넸다. 이 상황을 예견한 듯한 여유가 몸에 배어났다.

"루이모! 설명해 봐. 내가 알고 있는 게 사실이 아니길 바라."

"네가 알고 있는 거? 어떤 거?"

"말이 돼? 이게 미래를 위한 거야? 늪에 빠진 인류를 구하는 거냐고? 나를 입양한 것도 의도가 있었던 거잖아. 가족으로서의 선의라더니……."

"너를 이해시킬 수 없는 대목이 있어서 거짓말한 건 인정해. 하지만 선의의 거짓말은 맞아. 인류를 위한 거, 궁극적으로 너를 위한 것도 되잖아? 넌 미래를 살아야 할 테고 그러니 미래가 잘 운용되기 위해 네가 협조하는 건, 거시적으로 봤을 때 합리적인 일이야."

"인류를 위해 나를 재료로 썼다는 거야? A군들의 삶을 자기들 맘대로 조정해서?"

"랑, 표현을 순화하면 훨씬 내용이 다르게 들릴 수 있지. 재료라니? 기여했다고 해야지. 세상은 과학의 발전으로 더 좋아질 거야. 인간은 앞으로 나가게 되어 있거든. 인공 지능이 만들어 줄 세상을 받아들이기 위해서는 새로운 구조 개편은 당연한 거지. 변화를 받아들이지 못하는 것처럼 어리석은 건 없거든. 우린 미래 사회를 위한 재구성, 그걸 한 거야. 익어 가는 개구리 이야기 기억하니? 디지털 세대들이 빠진 늪, 그건 실화야. 너를 꼬드기려고 한 게 아니라 진짜 그런 일이 일어나고 있어. 일종의 부작용이지. 그걸 막아야 해. 과학의 거대한 발걸음에 걸림돌이 되는 돌을 우리가 치우기 위해서 이런 학교를 만든 거야. 그러니까 너희 A군이 기여한 건 맞는 거지. 언더스탠? 우리 합리적으로 생각하자고."

랑은 분노로 말을 제대로 못 했지만 루이모는 거친 사자를 다루는 조련사같이 랑이 이야기한 걸 피하고만 있다. 거대한 대의명분 앞에서 개인사를 운운하는 건 어리석은 일이라며.

"그게 루이모가 매번 말하던 합리의 실체였어?"

"아름답잖아? 인간의 합리적인 두뇌가 빚어낸 아름다운 미래로의 비행."

"아름답다고? 틀림없이 추락할 거야."

"교정에 있는 이카루스 동상 봤니? AI 날개를 메고 있는 이카루스 말이야. 이제 태양 앞에서 추락하지 않아. 인공 지능을 장착한 이카루스는 태양 너머로도 갈 수 있을걸?"

"아니, 추락할 거야! 인간은 한 방향으로 가지 않아. 과학이 모든 인간을 다 업고 갈 수 없다고. 인간이 왜 인간인지 알아? 개별성 때문이야. 인간은 말랑말랑한 마음을 가졌으니까. 차익과 헤라가 사랑에 빠진 건 당신들 계획에 없는 일이었잖아?"

랑이 말하는 동안 루이모는 눈짓으로 제복의 남자들을 불러들이며 말했다.

"자, 시간을 효율적으로 쓰자고. 다음 단계로."

남자들은 랑에게 다가갔다. 도하는 인상을 쓰면서 그들을 막아섰다.

"어쩌게요?"

"대가는 치러야지."

"대가를 치를 애는 그렉 호이잖아요."

"그것도 내가 알아서 할게."

"안 돼요. 논나는 희생자인데 가해자인 호이만 여기 남았잖아요."

"거기에는 비하인드 스토리가 있어서 그렇게만 볼 건 아니야."

"암튼 랑은 데려가면 안 돼요. 저도 가만있지 않을 거예요."

그러자 호이가 나선다.

"도하, 너도 차익처럼 되려고? 진정해. 이건 이테크 스쿨 전체가 걸린 일이야."

"넌 닥쳐!"

도하는 호이를 노려봤다. 그러자 호이가 웃으며 말한다.

"야! 도하, 넌 우리 편인 거 몰라?"

"놀고 있네."

"장도하! 입장이 다르면 모든 게 달라지는 거 모르냐?"

도하는 새삼스럽게 성까지 불러서 도하를 자신과 같은 편으로 엮으려는 호이의 발상이 치졸하게 여겨진다. 루이모는 이 실랑이가 귀찮다는 듯이 벌떡 일어나 나갈 채비를 했다.

"자! 다들 그만!"

도하는 비명 한 번 못 지르고 절벽 아래로 떨어질 수는 없으니 뭐라도 해야 했다.

"우린 증거를 가지고 있어요. 그거면 이 일이 그냥 묻히지 않을 거예요."

도하는 랑이 증거를 갖고 있는지, 그게 뭔지 모르지만 급한 맘에 내질러 본다. 그래야 랑에게 함부로 안 할 것 같아서다. 그러자 호이가 헛웃음을 친다.

"차익의 카피? 협박용으로 자주 등장하네. 그건 아쉽게도 헤라가 떨어질 때 같이 떨어져 박살났어. 도하 너도 봤잖아."

그러자 랑이 대답한다.

"아니, 그것 말고도 증거는 또 있어. 논나와 차익 그리고 이곳의 많은 아이들."

"과연? 차익이 협조할까? 걔도 원자녀야. 한때 헤라와 사귀었지만 이젠 차익도 정신 차렸을걸?"

"아니야."

"아니면 어떻게 할 건데?"

호이는 도하를 바라보며 묻는다. 도하도 잘 모르겠다. 랑을 보호하고 호이의 비리를 덮는 것도 바람직한 해결은 아닌 것 같다. 앞이 막힌 기분이다. 도하는 랑을 바라봤다. 랑에게 바통을 넘기기라도 할 듯이. 하지만 랑 역시 막막한 표정이다. 호이는 계속 비아냥거린다.

"랑, 일을 크게 벌이지 말았어야지. 넌 이미 강을 건넜어."

"알아."

랑은 단호한 표정이다. 모든 걸 각오한 자세이다. 어떻게든 랑을 보호하고 싶은 도하는 랑의 태도가 미덥다기보다는 서운하다. 호이가 시니컬한 미소를 지으며 도하에게 다가온다.

"도하, 네가 아는 사실이 전부가 아니란 거 아니?"

"무슨 말이야?"

"너도 차익처럼 인간적이니 뭐니 하면서 쟤와 진심 어린 대화를 했다고 생각하지? 하지만 쟤는 아니었거든. 쟨 자기 목적 달성을 위해 수단과 방법을 안 가렸다고."

랑이 발끈한다.

"야! 내가 무슨 트릭이라도 썼다는 거야?"

랑의 말에 아랑곳없이 호이는 비열한 미소를 지으며 말한다.

"그러니까. 그걸 도하 넌 모르고 있었어. 바보같이 너만. 쟤는 네 카피를 조작해서 너에 대해 커닝했어."

"커닝? 무슨 말이야? 랑이 내 카피를 갖고 있었다고?"

"도하야, 얘는 훌륭한 어시스트라서, 네 카피를 인질로 잡고 너에 관한 이야기를 미리 들었어. 왜 그랬을까?"

"랑? 진짜야?"

"아니…… 그게."

"랑, 왜 나한테 말 안 했어?"

"처음엔 관리실에서 잘못 가져온 건데…… 난 널 돕고 싶었어. 그래서."

그때, 제복의 남자가 언제 다녀온 건지 도하의 카피를 가져왔다.

"봐. 랑의 방에 있었던 거야."

도하의 손에 카피가 쥐여지자, 카피가 눈을 맞추며 말한다.

"도하, 안녕?"

도하의 가슴속에 스산한 바람이 인다.

"랑, 정말이야?"

"도하, 그게 어떻게 된 거냐면……."

호이가 말을 끊는다.

"됐고! 도하 너와 내가 왜 같은 편인지를 알겠지?"

"잠깐!"

도하는 뭔가를 결심한 듯, 자기 방 장에 있던 카피를 꺼내 랑에게 주며 말했다.

"그건 랑이 착오를 일으켜서 내 방에 둔 걸 내가 내주지 않아서, 아마 그래서 랑이 관리실에서."

그때, 랑이 루이모를 보며 소리친다.

"잠깐! 보관소에서 나한테 도하의 카피를 준 것도 혹시…… 의도된 거야?"

랑은 세게 한 대 맞은 기분이다.

'아! 루이모는 내가 D타워에서 겪은 일을 알고, 내가 도하의 카피를 열 거라고 간파했구나.'

어디까지 그들의 의도에 놀아난 건지 랑은 기가 막힌다. 동시에 랑의 마음엔 잔잔한 흥분이 일기 시작했다. 도하가 준 카피 때문이다. 랑은 카피를 받아 쥐는 순간 자기 카피가 아니란 걸 알았다. 카피 바닥에 표식이 없었으니까. 뒤이어 번개처럼 떠오른 장면, 그날 헤라와 부딪혔을 때 헤라의 카피와 자신의 카피가 바뀐 걸지도 모른단 심증이 든다.

'헤라가 일부러 부딪힌 걸까?'

확인할 바 없으나, 어찌되었건 지금 랑의 손엔 차익의 카피가 있다. 이것만 있으면 쫓겨나도 이 일은 묻히지 않는다. 증거가 있다고 거짓말로 포석을 깔았는데 이렇게 해결책이 생기다니. 랑은 포커페이스를 한 채 루이모에게 따져 본다.

"루이모, 어디까지가 의도된 거야?"

루이모는 아무 대답이 없고, 대신 호이가 답한다.

"랑, 그걸 가져간 건 너야. 기억 안 나? 왜 이제 와서 의도니 뭐니 하면서 남한테 핑계를 대?"

"맞아. 맞지만……."

루이모는 마지막 정리를 하듯이 말한다.

"도하, 세상엔 네가 모르는 게 많아. 그러니까 함부로 행동하지 말자고. 다음 주에 천체우주과학 행사에도 참석하는데 경거망동은 여러 사람한테 안 좋아."

뭐가 뭔지 잘 모르겠다. 분명한 건 도하의 마음에 스산한 바람이 분다는 거다. 랑을 못 믿는 것도 아니고, 랑이 호이 말대로 커닝을 했든 안 했든 랑이 자신의 맘을 움직인 건 진실이었다고 믿는다.

랑과 더 이야기를 나눠야 할 것 같은데 랑은 제복 입은 남자들에게 끌려갔다. 잡아도 소용없을 거란 생각에 별 제지도 못한 자신에게 무력감이 든다. 도하는 허탈함에 주저앉았다. 머릿속은 텅 비고 가슴은 아프기만 해서 어디부터 추슬러야 하는지 알 수가 없었다.

처음엔 호이가 말한 대로 랑이 몰래 자신의 카피를 가진 것에 대한 배신감 때문이라고 생각했다. 하지만 한참을 고통 속에 있던 도하는 이 고통은 아빠를 잃었을 때의 고통처럼, 하몽을 잃었을 때처럼 아프지만 온기를 지닌 거라는 것을 깨달았다. 아픔 끝에 매달린 온기가 살아 있음의 증거로 여겨져 차라리 기쁨이 고여 온다. 아까 랑이 말한 인간이 가졌다는 말랑말랑한 마음이 도하 안에도 있다는 생각이 든다. 도하는 휴, 숨을 내쉬었다. 냉

골로 살지 않아도 된다는 안도감의 한숨 말이다.

카피가 도하에게 말을 걸기 시작했다.
"도하, 무슨 일이 있는 거야?"
"아니야."
"도하, 너를 위해 할 수 있는 일을 말해 줘."
로봇답게 카피는 지치지 않고 말한다. 자신의 독백을 받아 주는 카피는 도하가 친 고독한 공을 되돌려 주는 벽과 같은 존재에 불과하단 생각이 문득 든다. 그렇기에 카피는 이제 필요하지 않다. 전엔 몰랐던 새로운 세계, 랑과의 교류가 도하를 변화시켰다.
"도하."
"카피, 네가 나를 위해 할 수 있는 건 없어."
"무슨 소리야?"
"나는 이제 다른 길로 가 보려 해."
도하는 카피의 전원을 꺼 버린다. 마음 안에는 봄 아지랑이 같은 거스러미가 일어난다. 무언가 시작해야겠다는 희망의 단초일지도. 이곳을 만든 사람들의 비인간적인 의도와 무관하게 어찌 되었든 이곳에서 랑을 만나고 자신을 보게 되었으니 이곳에 오길 잘한 거다. 호이가 표현한 '랑의 커닝'은 도하에겐 섭섭함이 아니라 랑의 훈훈한 배려로 와닿는다.

도하는 온기가 도는 사람답게 디지털로 마비된 늪에서 나와 어딘가로 방향성을 갖고 걸어가야 한다고 생각한다.

다시, 희망을

 메일이 도착했다는 알람에 랑은 기대했지만 이번에도 좋은 소식은 없었다. D존과 G존에서 암묵적으로 활동하는 그린버그 커뮤니티 요원들이 백방으로 논나를 수소문했지만, 논나의 행방은 묘연했다. 랑은 논나를 찾고 싶었다. 논나를 찾아 어떻게든 이테크 스쿨 이야기를 수면 위로 띄워야 했다. 어떻게 첫발을 내디뎌야 할지 감이 안 잡히는 상태지만, 그렇기 때문에 논나를 찾는 일이 첫발이 될 수 있을 거라고 믿었다.
 이테크 스쿨에서 쫓겨난 뒤 랑은 무기력증에 빠졌다. 처음엔 자신이 가격한 거라고 자부했다. 검색어 1위에 '이테크 스쿨'이 떴으니 비리가 만천하에 알려질 테고, 차익의 카피를 증거물로 제시하면 대단원의 막이 내릴 거라는 희망을 품고 그곳에서 끌려 나왔다. 도하와 인사를 못 했어도 아쉽지 않았던 건 얼마든지 훗날을 기약할 수 있다는 기대감 때문이었다. 하지만 모든 게 무위로 돌아갔다. 하루가 지나기도 전에 뉴스는 삭제되었고, 그린버그 웹 사이트도 차단되었으며, 오히려 그린버그 커뮤니티는 공격의 표적이 되어 일시 해산했다는 우울한 소식만 전해졌다.

랑은 자신의 섣부른 헛발질로 그린버그 커뮤니티를 위험에 빠뜨렸다는 죄책감에 시달렸다. 그리고 D존의 양육기관 기숙사 입소 때 랑은 자신의 신상 기록을 보고 또 한 번 좌절했다. 루이모와 재생가족을 이룬 사실이나 AR존, 이테크 스쿨에 기거했던 부분이 깨끗하게 삭제된 상태였다.

"삶의 이력까지 맘대로 할 수 있다니⋯⋯."

랑은 새삼 자기에게 있는 차익의 카피가 얼마나 부질없는 물증인가를 실감하고 무기력에 빠졌다.

"선의만으로 세상이 바뀌지 않아."

도하의 말이 맞는지도 모른다. 선의를 가졌어도 집행할 권력이 없는 한, 선의는 신기루에 불과하다는 걸 뼈저리게 느꼈다.

그러다 하루 정도는 희망을 보긴 했다. 메인 포털에 이테크 스쿨에 관한 기사가 잠시 떴다. '용감한 여학생의 제보'란 부제의 기사엔 이테크 스쿨이 가진 문제점을 담담하게 적고 있었다. 구체적인 취재 내용은 없지만 그래도 묻힐 뻔했던 사건의 전모가 여학생이 제출한 음소거 이어폰에 장착된 녹음 기능 때문에 조만간 밝혀질 거라는 희망을 달고 있어서 랑은 가슴이 뛰었었다.

'시리가 마음을 바꿨구나.'

하지만 그 역시 반박 기사들에 묻혔다. 기사들은 하나같이 음소거 이어폰을 소지한 건 시리라는 여학생의 의도된 음모라는 식으로 몰아가는 추세로 일단락됐다. 랑은 시리까지 쫓겨났구나 생각하니 팔다리가 다 잘려 나가 이젠 도저히 재기가 힘들다는 비관론에 빠지기도 했었다.

랑이 다시 기운을 차려 논나를 찾아야겠다고 생각한 건 차익의 카피에 열선을 감아 말을 시켜 본 뒤였다. 차익인 줄 알고 랑이 묻는 말에 대답하는 차익의 카피는 친절하기 짝이 없었다. 차익은 자신의 카피에게 일상을 낱낱이 고하고 카피는 그걸 피드백하는 다이어리용 방식으로 관계를 맺고 있었다. 덕분에 차익의 카피는 많은 걸 뱉어 냈다. 헤라를 처음 만났을 때 차익이 어땠는지, 사소한 하루의 기록에서부터 헤라를 통해 알게 된 이테크 스쿨의 문제점을 조목조목 시간차별로 이야기하고 있었다. 랑은 그걸 들으며 흥분했다.

'훌륭한 증거가 되겠구나.'

하지만 이것도 순식간에 묻힐 수 있다는 걸 알기에 안타까움만 더할 뿐이었다.

어느 날, 차익의 카피가 놀라운 이야기를 했다. 여느 때처럼 카피는 차익을 위한 세레나데라도 불러 주듯이 헤라에 관한 이야기를 하던 중 나온 말이다.

"헤라는 상냥하고 부드러운 말투와 싱그런 미소를 지녔지. 그중에서도 차익, 네가 제일 좋아하는 건 헤라의 용기야. 사랑할 수 있는 용기, 그것을 지키려는 용기, 헤라는 네게 새로운 세상을 보여 줬지. 곧 만나게 될 아기가 정말 기대된다. 헤라도 너도 아기를 위해 더욱 나은 세계를 만들기 위해 이테크 스쿨에 저항하려 한다는 걸 알아."

헤라가 아이를 가졌다고? 원가족 출신과 인공 수정 출신이 아이를 갖는 일은 거의 없다. 법적으로 제재를 받는 일은 없지만, 도하가 말했듯이 원가족 출신들 사이에서 바라보는 인공 수정 출신 인물을 보는 시각은 혈통을 잇는 출산에서는 유독 보수적이기 때문이다. 그런데도 차익과 헤라가 아이를 지키려는 건 카피 말대로 용기 있는 행동임엔 틀림없다. 그렇다면 이 대목에서 자연스럽게 도출되는 결론이 하나 잡힌다. 헤라가 자살했다는 건 말이 안 된다. 결국 헤라의 죽음엔 가해자가 있는 것이다. 차익이 왜 의식 불명이 된 건지 그 이유도 알 것 같다.

랑은 논나를 찾아서 중단 없는 전진으로 무언가를 해야겠다는 결심이 섰다. 헤라가 바랐다는 '더 나은 세계' 맞다! 세계는 여기서 끝나지 않는다. 하지만 랑이 멈추면 더 나은 세계는 없어질 것이다. 그러니 랑은 무엇이든 해야 한다. 그런데 논나는 대체 어디에 있는 걸까?

그러던 어느 날, 랑은 새로운 국면을 맞게 된다. 도하가 보내온 초대장 때문이다. 랑은 자기 앞으로 온 초대장을 보고 설렘을 감출 수가 없다. 천체우주과학 행사의 초대장에 불과하지만, 그 안엔 도하의 마음이 들어 있기 때문이다.

'도하가 나를 잊지 않았구나!'

D존에 있는 랑에게 초대장이 온다는 건 이례적인 일이다. 중추적인 권한이 있는 이라든가 가족 관계가 아니라면 절대 받을 수 없는 초대장을 랑이 받았다는 사실이 감격스럽다. 전 세계가 주목하는 행사에 참석하는 것도 기대되지만, 랑은 도하를 볼 수 있다는 설렘에 마음을 주체할 수가 없다. 카드를 쥐고 기뻐하다 랑은 카드의 뒷부분 아래에 쓰인 작은 글씨를 발견했다.

꼭 와. 우리 모두에게 이로운 세계를 위한 선물을 줄게.

도하가 준다는 선물이 무엇일지 상상이 안 가지만, 랑을 기억하고 불러 준 것만으로도 이미 큰 선물을 줬다. 랑은 도하가 그립고 아프다. 그리움은 늘 통증을 유발하는 건가 보다.

드디어 디데이, 전 세계가 주목하는 천체우주과학 행사는 U존의 센트럴 돔에서 열렸다. 초여름 밤의 청량한 공기도 신선했고 활짝 열린 돔 사이로 까만 하늘이 근사하게 펼쳐졌다. 랑은 떨리는 마음으로 자리에 앉았다. 처음 와 보는 U존의 중심지도 인상 깊지만 그곳을 메운 사람들 유명인, 전 세계의 기자단들을 보니 랑은 흥분되면서도 한편으론 마음이 쓰라렸다.

미래를 위한 과학, 인류를 위한 기술

화려한 플래카드가 위압적으로 넘실거릴 때마다 이테크 스쿨처럼 반인권적인 시설을 딛고 일어선 과학 기술이 무슨 의미가 있을까 하는 회의감이 짙어져서다. 헤라, 논나, 시리, 차익의 얼굴이 떠오른다.

행사의 시작을 알리는 폭죽이 터지고 팡파레가 지축을 흔들듯이 울리면서 에드벌룬이 돔 위로 올라가기 시작했다. 색색의 에드벌룬이 올라가는 모습은 장관이었다. 돔 천장에 닿을 즈음 에드벌룬은 여러 색의 불빛을 발하기 시작했다. 까만 밤하늘을 수놓는 것 같은 수천 개의 불빛에 사람들은 찬사를 퍼부었는데 압권은 그 뒤였다. 에드벌룬의 불빛이 잦아들면서 풍선 사이로 글씨가 드러났는데 랑은 놀라 벌떡 일어났다.

그린버그의 외출

랑은 자기 눈을 의심했다. 눈을 비비고 다시 봤지만 틀림없이 그린버그의 외출이라고 쓰여 있었다.

'아, 도하의 선물이구나.'

여기저기서 술렁이는 소리가 들려왔다.

"뭐지?"

"그린버그?"

풍선은 돔 한가운데 가득 떠올랐고 잡아 내릴 수도 없는 상태였다. 잠시 장내 방송이 끊기는 듯하더니 아나운서는 당황한 목소리로 그린버그의 외출을 다르게 해석하고 있었다.

"과학의 승리, 과학 안에서 휴머니즘을 지키자는 글귀입니다."

랑은 황홀했다. 미세하지만 큰 여파를 남길 균열이라는 확신이 들었다. 랑의 확신을 증명하듯 도하가 무대로 나왔다. 실종된 대 과학자의 아들 장도하의 축사는 과학의 승리라는 진부한 인사말의 나열로 시작되었다. 하지만 중간에 다다라 도하는 '그린버그의 외출'이란 말을 다시 짚으며 진정한 과학의 승리는 인간성의 회복이 우선되어야 하고, 우리는 그린버그의 외출이란 운동에 주목해야 한다고 힘주어 강조했다. 랑은 마음을 다해 박수를 쳤다.

행사의 여파는 클 수밖에 없었다. 전 세계가 보는 행사였으니까. 원래대로라면 '과학의 승리'라는 글자가 떠올라야 하는데, 누군가 행사 직전에 입력 글자를 바꾼 것이다. 그 누군가가 누구인지 랑은 잘 안다. 과학 기술이 발달한 만큼 그런 엄청난 사건은 별것도 아닌 자판 몇 개를 치는 걸로 이뤄질 수 있다는 걸 사람들은 간과했을 것이다.

천체우주과학 행사는 국가가 비중 있게 두는 행사인 터라 온라인으로 생중계가 되었다. 그리하여 행사를 중계하는 진행자나 주체 측 모두가 당황해하며 우왕좌왕하던 중, 장도하가 또 '그린버그의 외출'에 관한 언급을 하는 통에 '그린버그의 외출'이란 자막은 단순 실수로 넘길 기회조차 잃어버렸다. 주체 측에서는 '과학 안의 휴머니즘을 강조하자'는 슬로건이라고 둘러댔다. 하지만 그렇게 그린버그가 주목받게 되었고, 사람들이 실시간으로 검색하는 바람에 그 진의와 실체가 낱낱이 드러나게 되었다. 아무리 권력자들의 견고한 이해 관계가 있었다 해도 이 사건은 더 이상 묻히기도 힘들어지고 이전에 잠시 나왔다 묻힌 기사마저 다시 부상했다.

언론에 주목을 받기 시작한 G존의 그린버그 운동가들의 목소리가 한층 높아지면서 사회 여론은 혼란스러움으로 들끓기 시작했다. 오늘날 인류가 과학 발전에 지나치게 의존하면서 구축한 비인간적인 시스템에 경종을 울리는 그린버그, '인간성 회복을 위한 초록 벌레를 널리 퍼뜨리자'가 그들의 슬로건이었다. 하지만 그린버그 운동가들의 의견은 사회 주도층이 아닌 G존의 견해라 쉽게 받아들여지지 않았고, 사회 주도 존이나 천체우주과학부에서 추구하는 바와도 상반되었다. 또 그간 인류가 추구하던 방향에 역행하는 것이기도 했다. 따라서 찬반 여론으로 사회가 한동안 시끄러웠지만, 이번에 드러난 젊은층의 감정석화증은 가볍게 넘길 일도 아닌 데다 사회 지도층의 주류들이 의도적으로 이 사실을 은폐했다는 게 부각되면서 그린버그의 견해가 서서히 대세가 되었다.

그즈음 랑은 도하에게서 메일을 받았다. 도하도 과학 행사 이후 이테크 스쿨에서 쫓겨나 집에 격리된 터라 오히려 랑과 연락이 닿을 수 있었다. 랑은 도하의 용감한 행동을 칭찬했고, 차익의 카피에 대해 알렸다. 그러자 도하는 지금 터뜨리는 게 좋을 거라고 했다. 하지만 실패의 기억이 있는 랑은 섣불리 일을 벌일 수 없었다. 하여 심사숙고한 랑은 우회적인 방법으로, 주목받을 수 있는 효율적인 방안을 찾았다. 이테크 스쿨에서 랑이 보았던 헤라와 차익의 애정 어린 시선에서 착안해 그들의 스토리를 아름답게 꾸며 인터넷에 올렸다.

헤라와 차익의 러브 스토리

처음엔 가공된 이야기로 인터넷에 퍼졌지만 랑이 어찌나 스토리 라인을 극적으로 잘 짰던지 사람들의 마음을 흔들기 시작하면서 서서히 주목받았다. 그러던 즈음 익명의 네티즌이 랑이 올린 헤라와 차익의 러브 스토리를 웹툰으로 재구성해서 올렸는데 수려하고 독특한 작화법 때문에 순식간에 화제가 되었다. 특히 정교하게 묘사된 여주인공, 헤라의 모습에 반해 웹툰은 엄청난 조회 수를 올렸다. 랑은 웹툰을 보는 순간 알았다. 누구의 작품인지. 랑의 얼굴엔 환한 미소가 퍼졌다. 헤라와 차익의 얼굴을 본 사람이 아니라면 절대 그릴 수 없는 모습이었기 때문이다.

'논나, 잘 있구나?'

하나는 둘이 되고 둘은 넷이 된다. 작은 벌레가 단초가 되어 엄청난 일을 이룬다는 사실을 랑은 실감했다. 논나가 그린 웹툰을 본 차익은 살아 돌아온 듯한 헤라의 모습을 보고 집안의 거대한 압력을 이겨 내고 SNS에 러브 스토리의 주인공이 자신임을 고백했다. 허구인 줄 알았던 게 사실임을 안 사람들은 더욱 열광하기 시작했다. 비극적인 청춘 남녀의 사랑 이야기에 공감한 사람들은 그들을 비극으로 몬 제도에 관심을 가졌고 그게 이테크 스쿨이란 것에 더더욱 격분했다. 그 이야기가 들불처럼 번지기 시작하자, 기자들은 관념으로서의 그린버그에 대한 취재가 아니라 직접 이테크 스쿨을 찾아 쥐 잡듯이 사실들을 취재하기 시작했다.

그렇게 드러나기 시작한 기사엔 이테크 스쿨의 개교 연혁과 계기, 루이모의 이력과 헤라와 논나 사건의 개요와 다른 유형의 여러 피해자들의 사례가 차례차례 올랐고, 사건 개요의 후미엔 유명 정치인의 아들인 그렉 호이의 비행도 적혀 있었다. 논나가 처음이 아니었을 뿐 아니라, 그렉 호이의 예와 비슷한 사건들이 줄줄이 엮여 나와 사회에 충격을 주었다.

원자녀들을 위한 사적인 교육을 위해서 혹은 교육을 빙자하여 그들의 감정 해소를 위해 D존 아이들을 데려다가 학대 내지 폭행한 일이 드러났고, 더불어 이를 중계하던 음성적인 시스템들도 적발되었다. 게다가 AR존에서 메타버스를 활용해서 인간의 의식을 조작해 온 사실은 세상 사람들에게 경종을 울리는 일로 크게 부각되었다. '누구를 위한 과학인가'에 대한 회의가 여기저기서 터져 나올 정도로 말이다. 하지만 루이모를 비롯해 그 시스템을 운영하던 사람들은 적발된 뒤에도 반성하지 않고 오히려 '미래 사회의 질적 향상'을 위한 합리적인 해결책이었다는 명분을 내세웠다. 자신들의 죄를 인정하지 않는 그들의 모습에 우리 사회의 '모럴 해저드'가 얼마나 심각한지도 부각되었다.

따라서 사회 전반에 원자녀들에 대한 특혜와 비리가 얼마나 고질적인 병폐로 자리잡고 있는지를 고발하며, 그런 비리를 여과할 시스템을 만들자는 주장도 높아졌다. 그리고 기사의 마지막엔 인간의 오만함이 인류가 쌓은 모든 것을 일순간에 무위로 만들 수 있다는 경고를 남겼다.

우리 스스로를 만들어 내고 고칠 수 있다는 오만과 위대한 재능이 결국 우리의 운명을 결정짓게 되리라는 것을 우리는 알아야 한다.

기사 옆의 삽화는 초록 벌레, 그린버그가 들불처럼 번지고 있는 모습이다. 까만 밤을 배경으로 흩뿌려지듯이 펼쳐진 초록빛들의 눈부신 비행. 가슴이 먹먹하도록 아름답다. 랑이 상상했던 모습 그대로다.

랑은 벅찬 마음으로 도하에게 글을 보냈다.

"너의 엄청난 선물 고마워."

도하 역시 답이 왔다.

"네 마음의 온기로부터 시작된 일이야."

비록 도하는 옆에 없지만 랑과 도하, 우리는 온기로 묶여 있다는 느낌이 진하게 든다. 명멸하듯 순식간에 사라지는 가상 세계가 아닌 인간의 온기로 퍼져 나가는 현실 세계 속에 우리는 있다.

그렇다. 인간의 마음은 많은 것을 한다.

작가의 말

 언젠가 강의 중에 한 학생의 고민을 들었다. 아이는 미래에 없어지게 될 직업들을 나열하면서 미래에 대한 불안감을 호소했다. 별로 잘하는 것도 없는데 소거법 형식으로 하나씩 지워 나가다 보니 남는 게 없다면서.
 그즈음엔 사회 전반에 4차 산업에 대한 관심이 한창 높을 때고 더불어 AI의 비중과 기대치가 넘칠 때라 그런 생각이 들었으리라. 물론 아이의 두려움은 모든 변화에 내재된 막연한 두려움의 표현일 수 있었을 것이다. 하지만 그즈음 나 역시 과학 기술에 대한 우리의 맹신에 불만이 있던 터라, 난 아이의 주눅 든 모습에 감정 이입을 했다.

예를 들면 책 읽어 주는 AI라든가 AI 친구 등 도구로서의 영역을 넘어 인간의 몫을 양도하는 지나친 과학 기술에 대한 의존성이라든가 심지어 인간 고유의 영역인 예술 창작 분야에까지 활용하려는 기술 혁신에 반감이 생겼었다. 그렇기에 '대체 누구를 위한 과학 발전인 거지?' 하는 생각과 동시에 '인류를 위한 과학 발전이 아니라, 과학 발전을 위한 발전이라는 수단과 목적이 바뀐 현상은 아닐까?' 하는 회의감도 들었다.

과학 기술의 발전은 인류가 지향하는 바지만, 그 변화는 사람이 만들고 누리는 것이어야 하지 몸 피할 데 없이 닥쳐오는 무엇이 되어서는 안 된다. 즉 우리의 선택에 핵심을 두어야 하므로 우리는 첨단 기술에 혈안이 될 것이 아니라, 인간의 존엄성을 지킬 방안에 먼저 중점을 두어야 한다는 생각이다. 효율성을 중요시해서 많은 부분을 기계화시키느라 인간이 간과되어서는 안 된다는 생각 끝에 이 소설을 쓰기 시작했다.

또 인간은 획일적으로 패턴화할 수 없는 다양성과 개별성을 가진 예측불허의 존재이므로 과학 기술의 그럴싸한 청사진이 의도하는 대로 가지 않을 거란 생각이다. 뇌와 신체를 전기 장치로 이용해 직접 개량하고, 나노 기술을 이용해 인공적인 몸으로 개량해 미친 듯이 오래 살게 된다는 전제는 어디까지나 인간의 상상력에 불과하다. 그러니 기계 문명에 대한 맹신은 지양하길 바라는 마음으로 글을 지었다.

어느 시대에 살던 감정을 가진 인간이 어떻게 세상에 온기를 퍼뜨릴 수 있는지를 보여 주고 싶었다. 인간의 마음은 많을 걸 한다는 사실을, 절대 기계화된 틀에 갇히지 않고 어디든 가 닿을 수 있는 존재임을.

박하령